Juergen von Rehberg (alias Jürgen Ockenfels)

Neckar-Elz Trilogie

Mein Neckar-Elz

Mein Neckar-Elz II

Bruderschaft der Gerechtigkeit

BoD™
BOOKS on DEMAND

Juergen von Rehberg

Neckar-Elz Trilogie

Mein Neckar-Elz

Mein Neckar-Elz II

Bruderschaft der Gerechtigkeit

Bibliografische Information der Deutschen Nationalbibliothek:
Die Deutsche Nationalbibliothek verzeichnet diese
Publikation in der Deutschen Nationalbibliografie; de-
taillierte bibliografische Daten sind im Internet über
http://dnb.dnb.de abrufbar.

Herstellung und Verlag: BoD – Books on Demand,
Norderstedt

ISBN: 978-3-**7519-6979-6**

Juergen von Rehberg

Mein
Neckar-Elz

Ich widme dieses Buch meinen Eltern, meinen ehemaligen Nachbarn, im Speziellen meinem Freund Gustav Galm, der mir einige Bilder zur Verfügung gestellt hat und meinen Schulkameraden, von denen leider einige schon verstorben sind. Und in liebem Gedenken all den Menschen, die meine Kindheit und Jugend begleitet haben.

Krems-Rehberg, im August 2016

Elternhaus und Nachbarschaft

In diesem Haus wurde ich geboren und aufgezogen. Es liegt direkt an der Hauptstraße und nur wenige Schritte vom Elzbach entfernt. Wir Kinder und sicher auch viele Erwachsene nennen die Elz so, die gemütlich in Richtung Neckar vor sich hin mäandriert.

Wohlgemerkt, ich spreche hier vom alten, ursprünglichen Verlauf dieses Bächleins, an dem ich, zusammen mit anderen Kindern, so einiges erlebt habe.

Ich meine da in erster Linie meinen Nachbarn und Schulfreund Gustav, den ich in odenwälderischer Manier mit "Guschdl" anspreche.

Dieser Dialekt lässt Konsonanten weicher erscheinen (ein Pudding wird zum Budding und der Kuckuck somit zum Guggugg) und das "s" wird zu "sch". So wird z.B. aus einem Fest ein Fescht.

Es gäbe noch von weiteren sprachlichen Eigenarten zu berichten; aber das würde jetzt zu weit führen.

Mein Elternhaus ist ein Doppelhaus, das von zwei befreundeten Männern gebaut wurde. Einer davon war mein Großvater Wilhelm.

Im Laufe der Jahre und Jahrzehnte hat sich jedoch herausgestellt, dass Respekt und Harmonie keine vererbbaren Eigenschaften sind. Die nachfolgende Generation konnte das nicht so leben, wie man es sich gewünscht hätte.

Das Erdgeschoss besteht aus Hausflur, Küche, Wohnzimmer und Schlafzimmer. Von der Küche gelangt man auf eine kleine Terrasse und von der Terrasse führt eine Treppe hinunter in den Hof und in den Garten. Vom Hof aus gelangt man ebenso in den Keller wie vom Hausinneren.

Im Hausflur befindet sich ein Abgang in den Keller über eine schwere, massive Eichentreppe

Das Obergeschoss besteht aus zwei weiteren Räumen und einer Treppe hinauf auf den Speicher.

Der Aufgang in den oberen Stock wird mittels einer Treppe bewältigt, welche von beiden Hausparteien genützt wird. Man hat einen Weg gefunden sich dort nicht zu begegnen, indem man genau lauscht, wer wann die Treppe hinaufsteigt.

Ehemals war der Hauseingang ebenfalls für beide Hausparteien konzipiert. Unsere Hausnachbarn haben aber irgendwann an der Seite ihrer Haushälfte einen eigenen Eingang geschaffen.

Wir Jungen, das sind zwei Töchter des Nachbarn, mein Bruder und ich pflegen zwar keine Freundschaft, gehen aber respektvoll miteinander um. Das beinhaltet auch das Grüßen.

Gleich neben unserem Haus befindet sich eine Tankstelle mit einer kleinen, angeschlossenen Reparaturwerkstatt. Ich verbringe viel Zeit dort, weil mich der Geruch von Benzin wie magisch anzieht.

Ein kleines Hütterl, es misst gerade einmal 2x3 Meter, ist die Behausung des Tankwarts und sein Büro, das ihn vor Wind und Wetter schützt. Dort befinden sich die Kasse und das Lager für Zigaretten, die er nebenbei noch verkauft.

Ich hänge so manche Stunde an dem kleinen Fenster, durch welches die Bezahlung des getankten Kraftstoffes erfolgt, sowie der Verkauf der Tabakwaren. Dann lausche ich gebannt den Erzählungen des Mannes mit dem gepflegten Oberlippenbart, der jeden Morgen mit seinem Motorrad von der Nachbargemeinde anfährt.

Was die Zigarettenmarken jener Zeit betrifft, so verfüge ich über ein profundes Wissen. Von den filterlosen wie Reval, Eckstein, Salem, Golddollar, Overstolz bis hin zu den ersten Filterzigaretten wie Supra, HB habe ich sie alle drauf!

Wenn der Chef der Tankstelle nicht in der Nähe ist, darf ich manchmal sogar die Mopeds betanken. Das geschieht über eine kleine fahrbare Anlage mit einer Handpumpe und einem Schlauch mit Auslass. Dieses Gerät wird in der Früh herausgebracht und am Abend wieder ins Innere zurückgeschoben.

Im Wonnemonat Mai ist nächtens ordentlich was los bei der Tankstelle. Dann tummeln sich Scharen von Maikäfern unter dem Dach und fliegen so lange gegen die Neonröhren, bis einige erschöpft zu Boden fallen.

Dann komme ich mit meiner Zigarrenschachtel zum Zug. Ich sammle die Käfer ein und führe sie ihrem

neuen Zuhause zu, das mit Luftlöchern und einem Sa-
latblatt ausgestattet ist. Und wenn man dann die
Schachtel an das Ohr hält, dann hört man es ordentlich
surren und brummen.

Nach der Tankstelle kommt dann schon die Brücke,
unter der sich der Elzbach im Sommer nur mühsam hindurch schlängelt, weil das Bachbett stark ausgetrocknet
ist.

Besagte Brücke verbinde ich mit einem schrecklichen Erlebnis. Als ein amerikanischer Militärkonvoi
mit Panzern darüberfährt, begeht der Fahrer einen verhängnisvollen Fehler. Der Panzer macht mitten auf der
Brücke einen Rechtsruck, durchbricht die Mauer der
Brückenbegrenzung und stürzt hinunter.

Der Kommandant, der mit seinem Oberkörper aus dem Turm herausragt, wird von dem umschlagenden Turmdeckel fast in zwei Teile getrennt und ein weiterer Kamerad, der hinter dem Turm steht, versucht noch abzuspringen, was ihm jedoch misslingt. Er wird mit in die Tiefe gerissen und ein großer Steinquader der durchbrochenen Brückenbegrenzung fällt auf seine Brust. Beide Männer sind auf der Stelle tot.

Dieses Erlebnis, das ich aus nächster Nähe miterlebe, brennt sich tief in meine kindliche Seele ein. Wir Kinder, die wir am Straßenrand stehend "Tschocklet" und "Tschewingum" gerufen haben, eilen sofort zur Unfallstelle, die nur etwa 10 Meter entfernt liegt. Was wir dann zu sehen bekommen, ist schrecklich. Das Wasser einer kleinen Grube, die sich im Bachbett gebildet hat, ist vom Blut rot gefärbt. Dazu kommt der Anblick der beiden leblosen Körper. Herbei geeilte

14

Erwachsene jagen uns Kinder vom Ort des Geschehens weg.

Indessen fährt der Konvoi auf der Straße lustig weiter, als wäre nichts geschehen. Es mag wohl daran liegen, dass man von der Straße her zwar das Loch in der Brücke sieht, aber nicht den hinunter gefallenen Panzer.

Meine Tante Luise hält einen Jeep an und radebrecht in ihrem erlernten Schulenglisch das Geschehene.

Man kann sagen, dass dieser schreckliche Unfall das elementarste Erlebnis meiner Kindheit war.

Doch nun wieder zurück zu meiner Nachbarschaft.

Neben meinem Elternhaus führt eine Straße, besser gesagt ein befestigter Weg in Richtung Elzbach, respektive zu unserem Dschungel. Das Eckhaus, also unser Vis-à-vis-Nachbar gehört der Familie Müller. Sie besitzt ein Elektrogeschäft mit einem kleinen Verkaufsraum im Erdgeschoss und führt Installationen, sowie Reparaturen durch.

Mit Teilen dieser Familie verbinde ich ebenfalls einige bemerkenswerte Erinnerungen. Da wäre zunächst einmal der Juniorchef, ein netter, stets freundlicher Mann. Dann wäre da noch die Mutter dieses Herrn, die außer einer gewissen Pauline Spieß die beste Freundin meiner Großmutter ist.

Es ist das Jahr 1954, das Jahr, in welchem Deutschland Fußballweltmeister wird. Die alte Frau Müller fragt mich, ob ich ein Spiel im Fernsehen anschauen möchte.

Die Firma Elektro-Müller hat seit einigen Wochen einen Fernseher in ihrem Schaufenster stehen, und am Abend trifft sich dort die ganze Nachbarschaft und drückt ihre Nasen an der Scheibe platt.

Es gibt nur ein Programm und das Thema "Farbfernsehen" ist noch Lichtjahre entfernt.

Umso überraschender kommt das Angebot der alten Frau Müller ein Fußballspiel exklusiv anschauen zu dürfen.

So sitze ich ganz allein an einem Nachmittag im Wohnzimmer dieser Dame und gebe mich dem Genuss des Spieles hin.

In einer Glasschale vor mir auf dem Tisch liegt ein Zwanzig-Mark-Schein und lächelt mich an. Ich wundere mich, dass das Geld einfach so herum liegt. Von zuhause kenne ich so etwas nicht.

Als das Spiel zu Ende ist, bedanke ich mich bei Frau Müller, mache einen ordentlichen "Diener" und gehe. Das milde Lächeln der alten Dame begleitet mich zur Tür hinaus.

Ich habe mir erst viele Jahre später, genauer gesagt Jahrzehnte später über diese Geschichte Gedanken gemacht. War es der Versuch meine Ehrlichkeit zu testen oder war es nur Zufall, dass dieses kleine Vermögen einfach so herum lag?

Im Anschluss an das Haus Müller, weiter nach hinten Richtung Elzbach und Dschungel, befindet sich die Schmiede von Herrn Emmert. Durch sie gelangt man ins Wohnhaus, das zur Hauptstraße hin gelegen ist, direkt neben dem Haus von Müllers.

Karl Emmert ist ein Phlegmatiker. Es ist unvorstellbar, dass dieser Mann je die Beherrschung verlieren könnte. Anders hingegen seine Ehefrau. Vielleicht ist es gerade die totale Gelassenheit des Schmieds, welche Frau Emmert hie und da aus ihrer Reserve lockt.

Ihm bei der Arbeit zuzusehen ist noch aufregender als der Besuch bei Herrn Wörner, dem Tankwart.

Wenn der schwere Schmiedehammer, geführt von der starken, muskulösen Hand des Mannes mit großer Wucht auf das Eisen hernieder fährt, das er gerade glühend aus dem Feuer der Esse gezogen hat, dann sprühen die Funken wie tanzende Derwische in hohem Bogen durch den Raum, um auf dem lehmigen Boden der Schmiede zu verglühen.

Hinzu kommt der Rhythmus der Schlagabfolge. Einmal auf das zu schmiedende Gut und dreimal daneben auf dem Amboss tanzend, um sich auf den nächsten Schlag vorzubereiten.

Das ganze Szenario hat etwas Magisches an sich. Der Raum der Schmiede im Halbdunkel - Licht dringt nur durch die stark verschmutzen Fenster an der Vorderfront - und das flackernde Licht der Glut, die immer wieder einmal dazwischen mit dem Blasebalg aufgemuntert wird.

Und der Protagonist dieser Inszenierung ist ein eher kleiner, gedrungener Mann mit einer groben Lederschürze, die Ärmel des Hemdes aufgekrempelt, mit schierer Kraft strotzenden Armen und gelegentlich einen Stumpen im Mundwinkel, der immer wieder einmal neu angezündet werden muss.

Ich bewundere diesen Mann grenzenlos. Sein Markenzeichen ist ein breites Grinsen, das er wahrscheinlich noch nicht einmal im Schlaf ablegt.

Unter der Decke sind große Holzräder, auf denen Riemen verlaufen, die scheinbar kreuz und quer durcheinander hängen, jedoch einem strengen Reglement unterworfen sind. Mit ihnen wird eine Bohrvorrichtung betrieben. An der einen Wand steht ein Behältnis für Karbid, welches Herr Emmert zum Schweißen benützt.

An der nächsten Wand liegt und hängt allerlei Gerümpel, was irgendwann gebraucht wird oder auf seine Reparatur wartet. Von dort aus führt auch eine Tür in einen kleinen Verkaufsraum, der zur Straße hin gewandt liegt und dem Verkauf von Landwirtschafts- und Haushaltsgeräten dient.

Herr Emmert ist auch Hufschmied. Die Bauern des Ortes bringen Kühe und Pferde zum Beschlagen. Kühe eher seltener, weil die meisten Bauern Pferde als Zugtiere einsetzen. Wenn ein solches Tier beschlagen wird, dann ist die Luft durchzogen von verbranntem Horn.

Ich kann manchmal von unserem Balkon zusehen, denn das Beschlagen findet vor der Schmiede statt und liegt schätzungsweise 10 Meter von meiner Aussichtswarte entfernt.

Unser Nachbar hat immer ein freundliches Wort für uns Kinder und es stört ihn keineswegs, wenn wir unsere neugierigen Nasen in sein Reich stecken.

Ein Vorfall hat ihn jedoch aus seiner gewohnten Ruhe gebracht. Sein Sohn Peter, etwas jünger als ich, hat eine kleine Menge Karbid entwendet. Diese haben wir in eine Flasche mit Wasser gefüllt. Mit ihr sind wir in Richtung Dschungel marschiert und haben die Flasche gegen einen großen Stein geschleudert, von denen einige herum lagen. Das führt zu einer gewaltigen Explosion, die weit zu hören ist.

Uns war gar nicht bewusst, wie gefährlich das ist. Peters Vater hat ihm danach auf eindrucksvolle Weise die Gefährlichkeit unseres unsäglichen Tuns kräftig eingebläut. Ich bin Gott sei Dank davon verschont geblieben.

Am Ende eines langen Arbeitstages setzt sich Herr Emmert manchmal in den Hof von Spohrers, um sich eine oder auch mehrere Flaschen Bier zu vergönnen.

Zwei Schwestern, Marie und Anna und ihr Bruder Hugo bewohnen mit ihrer Familie das anschließende Haus. Hugo, ein Kriegsinvalide, hat an das Elternhaus einen Neubau angehängt, der bis zur Schmiede hinführt. Die Mutter der drei Geschwister lebt ebenfalls im Haus. Marie betreibt einen kleinen Flaschenbierverkauf über die Straße und der Schmied ist einer ihrer treuesten Kunden.

Im Sommer kommt täglich ein LKW der Konservenfabrik Voss frühmorgens vorbei und bringt große Körbe mit Feldgurken. Dann sitzen die beiden Schwestern, zusammen mit der Frau ihres Bruders, im Hof und schälen die Gurken. Danach werden sie halbiert und ausgehöhlt.

Die fertigen "Schlappen", so werden die bearbeiteten Gurken genannt, werden dann am Abend wieder abgeholt. Die Arbeit verläuft in einer eher heiteren Atmosphäre und wir Kinder schauen gerne zu.

Die Sommertage in jener Zeit sind tagsüber trocken und heiß. In der Nacht kommt meist ein ordentliches Gewitter, begleitet von heftigem Regen. Das beschert eine angenehme Nachtruhe. Der nächste Morgen kündet dann wieder einen sonnigen Tag.

Jetzt kommen wir zum letzten Haus in der Gasse. Es gehört dem Maurermeister und Feuerwehrkom-mandanten Ludwig (Lui) Spohrer, weder verwandt noch verschwägert mit dem Nachbarn Hugo.

Es ist das Elternhaus meines Freundes und Schulkameraden Guschdl.

Herr Spohrer, der Opa vom Guschdl, ist eine bemerkenswerte Erscheinung. Braun gebrannt mit einem Oberlippenbart und ständig Zigarren rauchend. Er sitzt meist auf einer kleinen vorgebauten Terrasse und genießt den Tag. Er hat hinter dem Haus eine kleine Werkstatt in einem Schuppen, in dem auch einige Hasen logieren.

Vom Vorgarten führt eine kurze Treppe hinunter in einen Keller, in welchem sich eine Mostpresse befindet. Und wenn die Äpfel reif dafür sind, dann wird daraus gemostet. Das ist die Zeit des "beschleunigten Stuhlgangs", denn ein frisch gepresster Apfelsaft schmeckt himmlisch gut.

Schräg vis-à-vis vom Haus, in unmittelbarer Nähe vom Elzbach, hat Herr Spohrer noch einen Holzschuppen stehen. Dieser wird rechts und links von einem Nussbaum flankiert, der zur Tankstelle Supper gehört.

Das hindert uns Kinder aber nur bedingt daran uns an den Früchten des Baumes zu delektieren. Der schlagende Beweis dafür sind braun gefärbte Finger. Ein weiterer Baum steht weiter hinten am Rand des Dschungels.

Der Dschungel beginnt direkt hinter der Ziegelei, die einem anderen Herrn Spohrer gehört. Hierbei handelt es sich um ein flaches Gebäude, welches ungefähr 15 x 6 Meter misst. Es ist ein Einmannbetrieb und manchmal lässt mich Herr Spohrer ein wenig helfen.

Der Dschungel und der Elzbach

Der Elzbach, wie wohl Wasser im Allgemeinen, übt auf Kinder eine eigene Faszination aus.

Diese Faszination macht auch vor uns nicht Halt. Jede freie Minute verbringen wir an ihm und in ihm. Und im Sommer benützen wir ihn sogar als unseren privaten Pool. Ein kleines, gemauertes Becken in der Nähe des Mühlrades macht es möglich.

Es gehört zu dem sich über dem Bach befindlichen Sägewerk und Zimmergeschäft Walter & Müller. Das ist unser "Lieferant" von Leisten für den Drachenbau und kleinen Holzplatten für den Bootsbau. Wir Kinder dürfen uns vom Abfallhaufen, der beim Sägen anfällt, bedienen.

Von den kleinen Holzplatten bauen wir uns Segelboote, die wir dann auf dem "reißenden Strom" aussetzen. Im Sommer ist es manchmal etwas schwierig, weil der Wasserstand zu niedrig ist.

Eine der größten Herausforderungen ist zweifellos das Fischen mit der Hand. Breitbeinig im Wasser stehend, in der Hand ein Taschentuch, gilt es blitzschnell in das Wasser nach einem Fisch zu greifen.

Die Erfolgsquote ist etwas höher als das Fischen mit einer selbstgebastelten Angel. Ein Weidenstock, ein Stück Schnur, ein Korken, ein Federkiel und eine umgebogene Sicherheitsnadel, das sind die Utensilien, die man braucht. Als Köder dient eingespeicheltes Brot.

Der Elzbach ist auch der Ort, wo wir erste sexuelle Erfahrungen sammeln. Die Wissenschaft bezeichnet das als "infantile Sexualität". Wir Kinder nennen es jedoch ganz einfach "Doktorspiele". Wer die Protagonisten sind und was genau wir machen, kann hier nicht wiedergegeben werden. Das fällt unter das Arztgeheimnis.

Wenn der Sommer vorbei ist, kommt die Zeit der Nussernte. Frau Supper hat uns Kinder gebeten, die Nüsse für sie zu ernten. Wir kommen der Bitte gerne nach.

Ich zweige von jedem Nuss-Ernte-Gang eine kleine Menge ab und lege sie in ein vorbereitetes Loch hinter dem Holzschuppen vom Herrn Spohrer. Den Rest lege ich brav in den vorgesehenen Korb der Frau Supper.

Als wir beide Bäume abgeerntet haben, kommt die Belohnung. Jedes am Pflücken beteiligte Kind bekommt in einer großzügigen Geste eine Hand voll Nüsse.

Die Enttäuschung steht meinen Mitterntehelfern ins Gesicht geschrieben. Haben sie doch Leib und Leben riskiert, als sie auf den Ästen der Bäume herumturnten. Als ich später am Abend zurückkomme und meinen Schatz ausgrabe, empfinde ich keinerlei Skrupel.

Der Winter lässt den Elzbach manchmal zufrieren. Das ist dann die Zeit für den Wintersport. Eine Holzlatte, ein kleines Brett daran genagelt und eine leere Libby' s Kondensmilch-Dose, das sind die Zutaten für harten Männersport.

Die auf die normalen Schuhe darauf geschnallten und fest gezogenen Schlittschuhe tun der Mutter in der Seele weh. Sie hat ja kein Geld für neue Schuhe, will

aber ihrem Sonnenschein das Vergnügen nicht miss-
gönnen.

So faul und träge sich der Elzbach im Sommer dahin
bewegt, so wild und unbändig gebärdet er sich im Früh-
jahr, nach der Schneeschmelze und manchmal auch im
Herbst.

Das ist die Zeit, wo der Neckar ihm den Zutritt verweigert und ihn in sein eigenes Bett zurückdrängt. Was
für die Erwachsenen sorgenträchtig wahrgenommen
wird, ist für uns Kinder ein tolles Erlebnis.

Der Elzbach umspült unser Haus bis vor zur Hauptstraße und unsere Nachbarn müssen ein Boot benützen,
wenn sie nach vorne kommen wollen.

Das sind die wenigen Tage im Jahr, wo die Menschen zusammenrücken und ihre Querelen für diese
Zeit vergessen. In Angst und Sorge vereint redet man
wieder miteinander.

Unsere größte Sorge gilt der schweren Eichentreppe, die hinunter in den Keller führt. Wenn der
Wasserstand hoch genug ist, wird sie ausgehebelt und
schwingt nach oben gegen den Fußboden der Diele.

Ohne meine Hilfe wären die Meinen ja völlig auf-
geschmissen. Bedingt durch meine Körpergröße - ich
bin ja noch im Wachstum und noch nicht wirklich groß
- bin ich der optimale Helfer, um die Kartoffeln vom
Kartoffelgerüst in Körbe zu fassen.

Da der Keller relativ niedrig ist - man kann ihn nur leicht gebückt begehen - wäre ein Erwachsener überhaupt nicht imstande diese wichtige Tätigkeit auszuüben. Er müsste es quasi auf dem Bauch liegend tun und das wäre total ineffizient.

Das Schlimme bei den Hochwassern ist die Tatsache, dass alles von Lehm überzogen und die Reinigung des Kellers sehr aufwendig ist. Ich habe ein einziges Mal mit Wasser und einer Bürste die Briketts gereinigt, was aber nicht wirklich honoriert worden ist.

Es ist jedes Mal ein berauschender Anblick, wenn ich vom seitlichen Schlafzimmerfenster, zwischen den Ästen des "Frauenschenkelbaumes" auf das Wasser hinausblicke. Von diesem Fenster ist es auch möglich die köstlichen Birnen während ihrer Reifezeit zu pflücken, die tatsächlich so heißen. Es handelt sich um eine Winterbirne.

Der Dschungel, der parallel zum Elzbach verläuft, ist das ideale Gelände, um "Cowboy und Indianer" oder "Ritter" zu spielen. Pfeil und Bogen bzw. Holzschwert und dazu der Deckel des Waschkessels im Keller als Schild dienend, sind sie nötigen Utensilien. Langeweile ist für uns Kinder ein Fremdwort.

Die Hauptstraße

Das ist die Hauptstraße, an welchem mein Elternhaus liegt. Sie ist die "Prachtstraße" des Ortes und führt vom Unterdorf über den Marktplatz bis zum Oberdorf.

Nach dem Eckhaus "Elektro-Müller" und dem Laden vom "Schmied Emmert" kommt etwas weiter oben die "Metzgerei Arnold". Herr Arnold, ein freundlicher und kräftig gebauter Mann, hat einen Rottweiler, an dem wir uns immer mit großem Respekt vorbei schleichen. Angst haben wir keine.

Seine Frau hat rosige Wangen und schenkt mir immer eine Scheibe Wurst, wenn ich einkaufen gehe. Das ist immer samstags. Da gönnen wir uns ein Pfund Aufschnitt mit Schinken. Diese Aufschnitt-Variante ist etwas teurer als ohne Schinken. Manchmal bekomme ich auch ein Stück Fleischwurst. Die mag ich sehr.

Das "Foto-Geschäft Prudlo" ist im nächsten Gebäude. An der Außenwand hängt ein Schaukasten, in
welchem Herr Prudlo die Bilder aushängt, die er vom
Ortsgeschehen gemacht hat. Wenn sich ein Eingeborener darauf wiederfindet, dann kann er einen Abzug erwerben.

Im "Uhrengeschäft Luffer" arbeitet ein Mann von hünenhafter Gestalt. Er füllt fast das ganze Geschäft aus. Auch er ist sehr freundlich und hat sogar zwei Schaufenster: eines seitlich und eines zur Straße hin.

Bevor man das "Gasthaus zum Löwen" erreicht, kommt noch ein kleines Geschäft für Wollartikel, Wäsche und Nähzubehör. Dort arbeiten Schwestern. Sie heißen "Bischof" und "Hasenfratz".

Das "Gasthaus zum Löwen" ist ein schöner Fachwerkbau und gehört der Familie Endlich. Dazu gehört auch eine Bäckerei, welche der älteste Sohn betreibt, der sich dem Gesang sehr verbunden fühlt.

Im Obergeschoss befindet sich ein Kinosaal, der zur Faschingszeit ausgeräumt wird und zum Festsaal wird. In diesem Kino habe ich den Farbfilm von der Krönung

Elisabeth II. von England gesehen; aber genau so manchen Western wie "Fuzzy".

Im Nebenzimmer der Gastwirtschaft steht ein Fernsehapparat. Weil ich mit dem jüngeren Sohn befreundet bin, darf ich manchmal am Samstagnachmittag "Peter Frankenfeld" mit seiner großkarierten Jacke sehen und 1958 die Fußball-WM in Schweden.

Zwei Häuser weiter liegt das Betätigungsfeld vom "Frisör Gassert". Ein kleiner Herr, der mit seiner Gattin im hinteren Teil des Geschäfts die Damen verschönt. Die Herren und die heranwachsende Jugend werden im vorderen Teil bearbeitet.

Ich schaue fasziniert zu, wenn der Geselle sein Rasiermesser an einem Lederriemen wetzend schärft, um dann die scharfe Klinge an Wangen, Kinn und Hals entlang zu führen. Dabei entsteht ein Geräusch, das durch Mark und Bein geht.

Den Abschluss auf der linken Seite der Hauptstraße bildet die "Bäckerei Salen". Hierher bringen die Leute ihren selbst gefertigten Brotteig in einem mit einem Tuch ausgeschlagenen Strohkorb, um ihn backen zu lassen. Hier gibt es auch die besten Brezeln.

Und außerdem gibt es im Laden tolle, postkartengroße Sammelbilder, wenn man eine spezielle Margarine kauft.

Das "Gasthaus Hirsch" vis-à-vis wurde vor meiner Zeit von meinen Großeltern bewirtschaftet.

Rund um den Marktplatz gibt es noch weitere Gast-häuser. Neben dem "Hirsch" gibt es die "Linde" und vis-à-vis das "Gasthaus zum Schwanen".

Etwas weiter hinten in Richtung Neckar liegt das "Milchhäusle", wo ich am Abend mit meiner Milchkanne vorstellig werde und fasziniert das Rinnen der weißen Flüssigkeit über eine Art Walzensystem beobachte.

Auf dem Nachhauseweg steht dann eine Mutprobe an. Sie besteht darin, die mit Milch gefüllte Kanne in einer Kreisbewegung zu schleudern, ohne einen Tropfen davon zu verlieren. Fernab des Wissens um die Zentrifugalkraft gelingt es jedes Mal.

Schräg gegenüber vom Rathaus steht der Kiosk der Familie Fiederer. Und daran hängt ein Automat der Firma PEZ.

"Rauchen verboten - PEZen erlaubt" ist der Slogan, mit dem der Spender der Lutschbonbons in Form eines Feuerzeugs angepriesen wird.

Dieser Artikel schafft es sogar bis Amerika, wo die Form des Bonbonspenders auf "Disneyland-Basis" kreiert wird.

Der Rundgang geht nun weiter, zurück auf der linken Seite des "Unterdorfes":

Der "Kolonialwarenladen Röth" ist ein Geschäft, in welchem u.a. "Haumischblau" und "Obinisodumm" verkauft wird.

Es gibt wohl wenige bis gar keinen Knaben, der nicht mit dem Auftrag einen solchen Artikel zu besorgen in das Geschäft "Röth" geschickt wird.

Herr Röth, ein stattlicher Mann und leidenschaftlicher Zigarrenraucher, macht den Jux, den sich ältere Burschen mit Kindern erlauben, mit und gibt den veräppelten Kindern als kleinen Trost eine Süßigkeit.

Gleich daneben, die Hauptstraße wieder hinunter, kommt das "Lebensmittelgeschäft Lichdi."

Ich mag Herrn Lichdi, der eigentlich "Herzig" heißt, sehr. Von ihm bekomme ich so viele Strohhüllen, wie ich für mein Faschingskostüm brauche.

Mit diesen Strohhüllen, die zum Schutz vor Zerbrechen über Weinflachen gestülpt sind, macht mir Tante Luise einen Bastrock:

Ein brauner Wollstrumpf, mit Löchern für Augen und Mund, der mit rotem Wollfaden umsäumt wird, bilden die Basis. Dazu ein Stück ausrangierter Persianermantel als krauser Haarschmuck oben aufgenäht. Schwarzer Rollkragenpullover und eine schwarze Strumpfhose komplettieren das Outfit für ein kleines Negerlein.

Herr Lichdi lächelt jedes Mal, wenn ich wieder in den Laden komme, um eine Strohhülle zu erbitten. Er kann mir meinen Wunsch nicht jedes Mal erfüllen, vertröstet mich aber dann auf die kommenden Tage.

Er hat mich auch nie auf die falsche Namensanrede hingewiesen. Er ist halt ein Mann mit großem Verstand und viel Humor.

Ich sehe ihn auch manchmal am Samstagabend, wenn ich um eine Flasche lieblichen Moselwein geschickt werde, weil überraschend Besuch zu uns gekommen ist.

In diesem Fall läute ich am Hintereingang und Herr Lichdi gibt mir eine Flache "Liebfrauenmilch", die ich dann vorsichtig nach Hause trage.

Das "Gasthaus Engel" betreibt noch Landwirtschaft und führt regelmäßig Hausschlachtungen durch. Man bekommt dort die beste "Hausmacher" vom ganzen Ort. Manchmal werde ich mit einem speziellen Krug zum Bierholen oder Zigarettenkaufen dorthin geschickt. Beides gibt es offen bzw. einzeln zu kaufen.

Jetzt kommt nur noch die Schreinerei Arnold, dann bin ich wieder am Elternhaus über der Straße angelangt. Frau Arnold ist eine äußerst freigiebige Person. Sie kauft mir immer etwas ab, wenn wir wieder einmal von der Schule mit irgendwelchen Postkarten und einer Spendenbüchse losgeschickt werden.

Man kann sagen, dass das "Oberdorf" mit dem "Gasthaus Badischer Hof" beginnt. Er liegt genau in der Kurve, welche die Hauptstraße in Richtung Mosbach macht. Hinter dem Gebäude in Richtung Heilbronn liegt ein großer, langgestreckter Gastgarten.

Jedes Jahr, zur Kirchweihe, füllt sich der Garten mit den Menschen des nicht einmal 3000 Einwohner zählenden Dorfes am Neckar. Das ist der eine Tag im Jahr, wo in den wenigsten Haushalten gekocht wird.

Dann sieht man die drei Schwestern Emma, Lisa und Frieda, Töchter der "Kaiserwerts Mine" in vollem Einsatz.

Zuerst geht es zum Rummel auf dem Marktplatz, wo die Kinder Karussell fahren und Zuckerwatte naschen. Ich mag keine Zuckerwatte, lieber gebrannte Mandeln.

Und dann geht es ab in eines der Gasthäuser. Je nach Geldbeutel gibt es Schweineschnitzel mit Kartoffelsalat oder Bratwürstel mit Brot. Für den kleinen Geldbeutel gibt es belegtes Brot mit Hausmacher Wurst.

Weiter in Richtung Mosbach gibt es einen weiteren Frisör mit Namen "Haas". Ein distinguierter Herr mit Hemd und Fliege führt virtuos Schere und Kamm.

Die Tochter vom anschließenden "Schuhhaus Schlör" ist mit Herrn Alban Freund verheiratet, meinem späteren Handballtrainer. Aber bis dahin dauert es noch ein paar Jahre.

Beim "Café Münch", befindet sich auch die Bushaltestelle in Richtung Mosbach, Heilbronn und Obrigheim. Mit diesem Bus werde ich bald nach Mosbach ins Gymnasium fahren, wenn ich die Aufnahmeprüfung bestehen werde.

Etwas weiter kommt dann noch das "Gasthaus Alpenrose" und schräg gegenüber der Volksschule. Damit wäre das Kapitel "Oberdorf" abgeschlossen.

Es ist schon bemerkenswert, wenn man bedenkt, dass in einer kleinen Gemeinde wie Neckarelz neun Gasthäuser vorhanden sind. Das achte ist das "Gasthaus zur Eisenbahn" und das neunte ist die "Rose", nahe beim Friedhof. In diesem Gasthaus habe ich einmal den ersten Preis bei der Maskenprämierung des Kinderfaschings gewonnen.

Das waren jetzt nur die Geschäfte entlang der Hauptstraße. Wir haben aber noch diverse Handwerksbetriebe, und Gießereien. Eine davon ist die "Gießerei Röth". Auf deren Schutthalde sammeln wir Kinder Eisenabfall, den wir dann zu einem Sammler in der Nähe des Sportplatzes bringen, um so ein paar Pfennige zu verdienen.

Die Bahnhofstraße

Nach der Elzbachbrücke zweigt die Bahnhofstraße ab. Sie führt bis hinauf zur "Klingenburg", einer Einrichtung, welche Hotel, Restaurant, Pension und Café in sich vereint.

Gleich gegenüber vom Friedhof befindet sich die Apotheke vom Herrn "Eichhorn". Das ist ein kleiner, etwas untersetzter, freundlicher, älterer Herr mit Brille und Fliege wie der Herr Frisör Haas. Vielleicht sind die beiden ja verwandt...

Nur noch wenige Meter, dann kommt schon der Bahnhof in Sicht. Neckarelz ist ein Bahnknotenpunkt, was unsere städtischen Nachbarn gewaltig schmerzt.

Das religiöse und kulturelle Leben

Die Martinskirche ist ein spätgotischer Bau mit einem ca. 50 Meter hohen Turm. In seinem Turm habe ich mir meinen ersten "Kick" geholt.

Das Abendläuten wurde noch von Hand durchgeführt. Das bedeutet, dass man an einem langen Seil, welches von der Glocke im Turm durch ein Loch in das Glockenzimmer hinunterführt, kräftig zieht, um damit die Glocke zum Schwingen zu bringen.

Wenn dann ein Leichtgewicht wie ich es bin, daran zieht, wird man vom Rückschwung der Glocke bis fast hinauf an die Decke des Raumes gezogen.

Die Kunst besteht darin, das Seil so anzufassen, dass man mit dem Kopf nicht gegen die Decke knallt.

Wir Kinder sind sehr traurig, als man ein elektrisch gesteuertes Glockenläuten-Verfahren einführt. Mit ihm werde ich später auch zur Konfirmation gerufen.

Aber bis es soweit ist, muss ich erst einmal in den Kindergarten gehen.

Der Kindergarten der evangelischen Kirche liegt am Rande des Kirchengartens, ganze nahe der Elz. Ich bin nicht gerade der größte Fan dieser Einrichtung, zumal ich Tante Else nicht mag.

Sie ist sehr streng und geht in den Keller lachen. Einziger Lichtpunkt ist Tante Ruth, die ab und zu mit einem Korb frischer Brezeln vorbeikommt.

Als mich Schwester Else ungerechter Weise in die Ecke stehen lässt, ist das ein willkommener Vorwand meinen Aufenthalt zu kündigen.

Außerdem finde ich es mehr als geschmacklos, dass wir in eine Sparbüchse für die Mission in Form eines Negerkindes Münzen einwerfen müssen, die wir von unseren Eltern erbetteln. Der Schlitz für den Einwurf befindet sich auf dem Kopf des Negerleins.

Das Tempelhaus, geistige Heimat der Katholiken, reicht nach dem 2. Weltkrieg nicht mehr aus, weil sehr viele Flüchtlinge katholischen Glaubens nach Neckarelz gekommen sind. Daher wird im Jahr 1955 die neue Marienkirche, nahe der Gemarkung Diedesheim, gebaut.

Bei ihrer Einweihung bin ich natürlich dabei. Ich dränge mich bis ganz nach vorne zum Altar. Das bereue ich jedoch schon bald. Der Weihrauch, der in großer Menge und mit viel Schwung in meine Richtung weht, dreht mir den Magen um. Ich schaffe es gerade noch hinaus, bevor Schlimmeres passiert.

Eigentlich wäre ich ja viel lieber katholisch. Dann könnte ich auch eine so schöne Kerze tragen wie die Kinder bei der Kommunion. Aber nach diesem Erlebnis bin ich wieder zufrieden, dass ich evangelisch bin.

Im Burggraben des Tempelhauses finden immer wieder einmal kleine Feste statt. Da gibt es dann auch Kinderbelustigungen, wie z.B. eine Rutsche aus Metall. Und manchmal wird auch Theater gespielt.

Am Marktplatz befindet sich der Gemeindesaal der Katholiken. Er dient auch als "Location" für kulturelle Veranstaltungen.

Ich bin ja ein großer Fan von Theateraufführungen. Und die gibt es da. Eine der Protagonistinnen ist eine große, blonde Frau aus Diedesheim mit einer tollen Figur. Ich glaube, sie heißt Lioba und sie gefällt mir sehr.

Mein Onkel Willi, der Tanzlehrer ist, hält in diesem Saal auch Tanzkurse ab.

Alljährlicher kultureller Höhepunkt ist unbestritten die Zeit der Fasenacht. Auf diese Zeit fiebere ich schon Wochen vorher hin. Tante Else vom Kindergarten hat gesagt, dass sich nur Heiden verkleiden; aber das ist mir egal. Wie schon gesagt: Die Frau geht in den Keller lachen!

Ich verkleide mich auf jeden Fall! Mal als Negerlein, mal als todesmutiger Torero; Hauptsache verkleidet. Der ausgeräumte Kinosaal vom "Gasthaus zum Löwen" ist die Stätte närrischer Begegnung für Jung und Alt.

In dieser Zeit steht der ganze Ort Kopf.

Ganz egal wie das Wetter ist, die Narren ziehen in jedem Jahr - ob es stürmt oder schneit - mit Musik durch das Dorf. Dann geht es, an meinem Elternhaus vorbei, bis hinauf zum Marktplatz. Voraus der Elferrat und im Gefolge die johlende Masse.

Eine ganz andere Art von Musik pflege ich als Mitglied des Posaunenchors und trage somit auch meinen Teil zum kulturellen Leben der Gemeinde bei. Wir spielen nicht nur in der Kirche, während der Gottesdienste, sondern auch an Weihnachten und Ostern.

An Ostern ist es manchmal schon ein rechtes Opfer, wenn wir am Ostersonntag um 7 Uhr in der Früh auf dem Friedhof stehen und zur Ehre Gottes mit klammen Fingern Musik machen. Und am Ostermontag wiederholt sich das Spiel auf dem Obrigheimer Friedhof.

Wesentlich mehr Spaß macht es hingegen, wenn wir gelegentlich vor dem Rathaus Aufstellung nehmen und konzertieren. Das alles geschieht unter der rigiden Leitung von Herrn Pfarrer Albrecht.

Das sportliche Treiben

Es gibt verschiedene sportliche Aktivitäten in unserem Dorf, denen man nachkommen kann oder die man auch einfach als Zuschauer genießen kann.

Dominant ist ohne Zweifel der Fußball. Die Familie Zimmermann stellt gleich drei Familienmitglieder dafür ab. Meine größte Bewunderung gilt dem ältesten der Brüder. Er heißt Kurt und steht im Tor.

Dann gibt es noch Willi Röth, der Star der Mannschaft. Er ist der Torjäger. Aktivster und auch lautstärkster Fan ist Herr Supper, der Tankstellenbesitzer. Er steht meistens an der Eckfahne und motiviert ab und zu die Spieler zu Höchstleistungen mit dem Versprechen auf einen Kasten Bier.

Fußball ist nicht so wirklich mein Ding. Die anderen Kinder lassen mich nur mitspielen, weil ich einen Lederball mit einer aufpumpbaren Gummilunge habe.

Ich spiele Handball. Aber auch nur, weil mich an irgendeinem Sonntagnachmittag einer aus der Schülermannschaft gebeten hat für einen Mitspieler einzuspringen, der erkrankt war.

Das ist der Beginn einer Karriere, die nicht allzu lange dauert und die mir einen einzigen Torerfolg beschert. Ich wechsle darauf hin zum Tischtennis. Auch da gelingt mir kein Durchbruch.

Es gibt einige Vereine in Neckarelz, die auch die Geselligkeit mit viel Hingabe pflegen.

Der Sportverein veranstaltet gelegentliche Wanderungen, um die Jugend mit einzubinden. Da wird auch schon einmal der Natur ein Ständchen dargebracht.

Im "Prügelgarten" hält der Männergesangverein alljährlich sein Sommerfest ab. Eigentlich heißt es ja richtig "im Brühl" und ist ein Flurname; aber wir Kinder nennen ihn "Prügelgarten".

Da geht es immer hoch her. Am Abend ist es am schönsten. Da brennen bunte Lichter und befreundete Gesangvereine verschönen das Fest mit ihren Gesangsdarbietungen. Bei günstigem Wind kann ich sie sogar von meinem Bett aus noch hören.

Im Winter fahren wir dort Schlitten. Ein abschüssiger kleiner Hang führt hinunter bis zum Elzbach. Ich bin sogar einmal hineingefahren, weil ich zu spät gebremst habe. Meine etwas ältere Nachbarin hat mich gerettet. Sie heißt Isolde und ist sehr freundlich.

Neben Fußball und Handball gibt es dann noch das Rudern.

Die Ruderregatta im Sommer ist einer der Höhepunkte.

Den ganzen Fluss entlang, auf beiden Seiten, stehen und sitzen die Menschen und wohnen den Wettbewerben bei. Die Wasserschivorführungen werden begeistert aufgenommen, manchmal auch dann, wenn einer der Sportler ein unfreiwilliges Bad nimmt.

Auf der Neckarwiese haben freiwillige Helfer ein großes Festzelt aufgestellt, in welchem die Feuerwehrkapelle am Abend zum Tanz einlädt.

Es gibt ein Karussell, eine Schiffschaukel, eine Losbude und diverse kleine Stände mit Spielsachen und Süßigkeiten. Und bei Einbruch der Dunkelheit wird über dem Neckar, hoch oben auf der Schloss Neuburg ein Feuerwerk gezündet.

Der Neckar

Der Neckar ist 362 km lang, er entspringt im Schwarzwald und fließt bei Mannheim in den Rhein. Die Elz, ca. 40 km lang, fließt in den Neckar.

Der Name "Neckar" hat einen keltischen Ursprung und bedeutet heftiger, böser, schneller Fluss. Und alle diese Attribute treffen auch zu.

Wenn Hochwasser angesagt ist, dann schlägt der Neckar die Tür zu und lässt die Elz nicht mehr hinein. Dann kann es sein, dass mein Elternhaus vom Hochwasser umspült wird.

Und dann wird aus dem kleinen, gemächlich dahinfließenden Bächlein schon fast ein Fluss, und aus dem Neckar ein alles mitreißender Strom.

Aber das geschieht Gott sei Dank höchstens zweimal im Jahr. Ansonsten ist der Neckar ein Fluss, der uns Kindern sehr viel Vergnügen macht und unseren Eltern, so sie davon wüssten, was wir manchmal so treiben, eine höllische Angst.

In diesem Fluss habe ich schwimmen gelernt. Die Herangehensweise war sehr einfach: Irgendwer hat mich einmal hineingeschmissen und dann bin ich, wild um mich schlagend wieder ans Ufer zurückgekommen.

Aber bevor wir Kinder schwimmen können, machen wir uns eine spezielle Methode zu eigen dieses Unvermögen zu umgehen.

Auf der Rückseite der Tankstelle Supper lagern auf einem von Maschendraht umzäunten Gelände ausrangierte Auto- und Fahrradschläuche. Mit etwas Geschick angeln wir diese "Gummileichen" heraus und flicken sie.

Die LKW-Reifen lassen wir dann vom Tankwart, Herrn Wörner, mit Luft füllen. Wir müssen nur höllisch aufpassen, dass der Senior nicht in der Nähe ist. Er würde unsere Dreistigkeit wohl kaum goutieren.

Eine Alternative zu unserem Paddelboot ist das "Schilfboot". Mehrere Schilfhalme fest zusammenbinden, sich rittlings daraufsetzen und es kann los gehen. Man muss nur höllisch auf die Balance achten, sonst wirft es den Reiter immer wieder ab.

Jetzt brauchen wir nur noch ein Paddel. Das ist schnell gebastelt. Eine Latte, zwei Abfallbretter vom Sägewerk, ein Hammer und ein paar Nägel und schon ist unser Paddel einsatzbereit.

Mit Abstand das "coolste" Hilfsmittel sich fort zu bewegen sind die von der Sonne ausgegerbten und teilweise schon sehr porösen Fahrradschläuche.

Das Herrichten der "Gummileichen" geschieht in mehreren Schritten:

1. Den "requirierten" Schlauch mit der Luftpumpe aufblasen.
2. Eine Schüssel oder Eimer mit Wasser füllen.
3. Die Stellen, bei denen am Schlauch Luftbläschen austreten, mit einem Stift markieren.
4. Diese Stellen am Schlauch trocknen und mit einer kleinen Metallraspel aufrauen.
5. Auf diese Fläche einen Flicken aufkleben und fest anpressen.
6. Ein kleines Gebet aussprechen, dass die Flickstellen halten mögen.

Diesen runderneuerten Fahrradschlauch wickelt man sich dann - über Kreuz - um den Leib und wird dadurch unsinkbar.

Und nun erfolgt der ultimative "Kick!"

Wir schwimmen mit unserer unsinkbaren Schwimmhilfe auf vorbeifahrende Schiffe zu, um sie zu entern.

Wenn sie beladen sind und tief im Wasser liegen, dann kann man auf sie hinaufklettern. Auch hier bedarf es einer gewissen Technik.

Gleich die Stelle hinter dem Bug anschwimmen und mit beiden Händen die Bordwand ergreifen. Das gibt einem die Möglichkeit, sich rechtzeitig wieder abzustoßen, wenn man sich nicht festhalten kann, um sich hinauf zu ziehen.

Bei einem von einem Schlepper gezogenen Schiff, das keinen eigenen Motor hat, ist das ungefährlich. Hat das Schiff jedoch einen Motor, dann kann man in den Sog der Schraube gelangen, wenn man sich nicht rechtzeitig abgestoßen hat.

Dieses schreckliche Unglück ist tatsächlich einmal passiert. Ein älterer Junge aus dem Dorf, der Bruder eines Schulkameraden, hat dabei den Tod gefunden.

Manchmal ist es gut, wenn die Eltern nicht alles wissen. Für unsere "Harakiri-Nummer" mit einem alten, porösen Gummischlauch auf Schiffe zu schwimmen, hätten sie wohl nur wenig Verständnis.

Es gibt schon sehr böse Menschen auf der Welt. Dazu gehören zweifellos die Matrosen der Schiffe, welche die Bordwand mit Teer beschmieren, um den "Neckarpiraten" das Entern zu vergällen.

Mich hat es auch schon einmal erwischt. Das Blöde ist nur, man bemerkt es nicht, wenn man auf das Schiff zu schwimmt. Und wenn man es bemerkt, ist es auch schon zu spät.

Ich habe mir dann später mit Neckarsand den Bauch und die Arme gescheuert, um den Teer wieder weg zu bekommen. Ich habe hinterher wie ein Krebs ausgeschaut.

Es gibt aber auch nette Matrosen. Die lassen einen dann ein Stück Neckar aufwärts mitfahren. Wir springen nach einigen Metern wieder zurück ins Wasser und treiben langsam zurück zu unserem Ausgangspunkt.

Die Neckarwiese dient auch dem Dreschen von Getreide. Dann bringen die Bauern ihre Ernte zum Dreschplatz.

59

Das ist die Zeit, wo auch die Äpfel, die nur wenige Meter vom Neckar verführerisch ihren Duft verbreiten, voll reif sind.

Man sollte nur nicht, nur mit einer Badehose bekleidet, zur Ernte schreiten. Ich habe es getan und bitter bereut.

Die Apfelbäume stehen innerhalb eines Rechteckes, das von einer Seite durch einen Drahtzaun und von zwei weiteren Seiten durch hohe Brennnesseln begrenz ist.

Der einzig offene Zugang führt vom Feldweg hinein, der am Dreschplatz vorbei, hinunter zum Neckar führt.

Als wir mitten bei der "Arbeit" sind, rennen plötzlich mehrere Arbeiter vom Dreschplatz auf uns zu. Ich vermute, dass einem der Männer die Apfelbäume gehören.

Jetzt heißt es in Sekundenschnelle eine Entscheidung treffen: Gefangennahme oder Flucht.

Ich entscheide mich für Flucht und das ist keine besonders kluge Entscheidung, denn der Fluchtweg führt mitten durch die Brennnesseln, welche höher sind als ich selbst.

Die anderen Kinder können entkommen oder werden gefangen genommen. Ich kann es nicht wirklich erkennen, denn ich hetze, wie vom Leibhaftigen gejagt, durch die Brennnesseln, die über meinem Kopf zusammenschlagen.

Dann habe ich es geschafft; die Flucht ist mir gelungen; aber zu welchem Preis.

Ich springe sofort ins Wasser, denn die Brennnesseln beginnen ihr teuflisches Werk zu vollenden. Die Freude der Abkühlung währt nur einen kurzen Augenblick.

Als ich nach Hause komme, umfängt mich das liebevolle Mitleid meiner Mutter. Mein ganzer Körper, abgesehen von der kleinen Fläche, die meine Badehose geschützt hat, ist über und über von einem stark juckenden Hautausschlag bedeckt.

Die "Urtica dioica", vulgo "Große Brennnessel" hat ganze Arbeit geleistet. Die folgende Nacht wird mir ewig in Erinnerung bleiben.

Zwei der aufregendsten Erlebnisse, die mir ebenfalls in Erinnerung bleiben werden, sind der zugefrorene Neckar, auf dem sogar Autos gefahren sind und der aufgestaute Neckar zum Zweck der Räumung von Kriegsrelikten.

Mein großer Bruder hat bei dieser Gelegenheit verbotener Weise ein Bajonett "ergattert".

Wenn man vom Marktplatz in Richtung Neckar marschiert, gelangt man in die Martin-Luther-Straße.

Und am Ende, auf der rechten Seite, befindet sich eine Bank.

Über der Bank ist eine Tafel angebracht, welche daran erinnern soll, dass die "Romantikerin August von Pattberg" mit einem Neckarelzer Herrn, namens Arnold Heinrich Pattberg, seines Zeichens Hofgerichtsrat, verheiratet war und hier gelebt hat.

Sie schrieb eigene Gedichte und trug zu der Sammlung "Des Knaben Wunderhorn" mehrere Volkslieder bei. Mit das bekannteste ist wohl "Es steht ein Baum im Odenwald".

Sie zog später nach Heidelberg, wo sie auch ihre letzte Ruhe fand.

Eine der Lieblingsbeschäftigungen meines Onkels Willi ist das Angeln. Er ist Spezialist für Karpfen und Aale. Letztere fängt er gern dort, wo der Elzbach in den Neckar fließt.

Er kennt viele gute Angelplätze, und es finden sich immer wieder Leute, die stehen bleiben, um ihn zu bewundern. Onkel Willi ist einfach ein Held; er ist mein großer Held. Sein Revier erstreckt sich von der Brücke beim Bootshaus bis hinter die Eisenbahnbrücke.

Wenn ich verspreche, dass ich den Schnabel halte, damit die Fische nicht verjagt werden, dann nimmt er mich auch schon einmal mit. Er hat mir eine kleine Angel gebastelt, mit der ich Elritzen fangen kann.

Das gelingt mir recht gut. Meinen Fang bekommen dann die 5 weißen Legehühner, die ich hasse, weil sie immer auf dem Kirschbaum im Hof fliegen, wenn ich sie nicht am Abend rechtzeitig in den Stall bringe. Und das geschieht im Sommer immer wieder, wenn ich zulange im Neckar gebadet habe...

Die Schule

Der Ernst des Lebens beginnt genau heute!

Meinen Schulweg kann ich verschieden gestalten:

1. Über die Hauptstraße hinauf bis ins Oberdorf
2. Über die Hauptstraße und die Lindengasse
3. Dem Elzbach entlang Richtung Mutschlers Mühle

Dann habe ich nur noch einen kurzen Anstieg hinauf zum Schulhof und hinein ins Klassenzimmer.

Der Unterricht macht mir sichtlich Spaß. Und den Herrn Lehrer Schönig mag ich auch. Als ich mir den rechten Arm breche, stellt er mir eine "persönliche Assistentin" zur Seite, die mir beim Aus- und Einpacken meines Schulranzens hilft. Sie heißt Elke und sitzt nun neben mir. Ich schreibe jetzt mit der linken Hand, damit ich nichts versäume. Aber die Benotung für "Schönschrift" fällt dafür aus; das wäre ja auch ganz schön ungerecht.

Dann haben wir noch den Herrn Lehrer Christoph. Das ist ein großer, dünner Mann mit Brille. Er lacht nie. Dafür seine liebe Frau umso mehr.

Der Herr Lehrer Kromat übt mit uns das Singen. Er kommt aus Ostpreußen und redet sehr lustig. Und außerdem leitet er auch den Männergesangverein.

Bismarckturm und Schreckhof

Der Bismarckturm ist ein knapp 10 Meter hoher Turm mit einer Feuerpfanne und steht auf dem Hamberg. Zur Sommersonnenwende wird das Johannisfeuer angezündet.

Mein Freund Gustav und ich machen manchmal eine Wanderung auf den Hamberg. Von dort aus ist es nur noch ein Katzensprung bis zum Schreckhof.

Der Schreckhof ist ein Weiler und gehört schon zur Nachbargemeinde Diedesheim.

Dort findet man das Gasthaus vom "Geigers Karl", wo man herrliche "Hausmacher" vespern kann. Karl Geiger ist einer der Pioniere für den Segelflug.

Am Anfang diente eine Motorseilwinde dazu die Segelflieger in die Luft zu ziehen. Später wurden sie von Motorfliegern geschleppt. Jetzt gibt es schon Motorsegler, die nach dem Start den Motor ausschalten und sich dann vom Wind tragen lassen.

Dieses Bild entstand vor einigen Jahren, als ich meine ehemalige Heimat wieder einmal besucht habe. Bei einem Gang durch Neckarelz kamen viele Erinnerungen zurück, Erinnerungen an eine unbeschwerte Kindheit und Jugend.

Ich hatte das große Glück in einer ländlichen Idylle aufzuwachsen und meine Freizeit in einer Natur zu verbringen, die noch ursprünglich und zum Teil auch sehr wild war.

Es gab noch 4 Jahreszeiten, die aufeinander folgten und nicht wie heute wild durcheinanderwirbeln.

Die Menschen damals waren weder besser noch schlechter als heute; aber sie waren anders. Man begegnete einander mit Respekt und man hatte noch Muße Dinge zu tun, die heute in Vergessenheit geraten sind.

Die Respektpersonen in jener Zeit waren der Herr Bürgermeister, die geistlichen Herren und die Lehrerschaft. Und nicht zu vergessen der Dorfpolizist und der Feldhüter.

Und wir hatten viel Spaß; auch ohne den heutigen "FUN-Faktor" und technische Hilfsmittel. Und "genug" war damals wirklich "genug".

Computer gab es ebenso wenig wie Smartphones oder Handys. Der Besitz eines "Telefons mit Schnur" war nur wenigen privilegierten Personen vorbehalten.

Guschdl und ich, wir hatten damals schon ein Telefon. Es war eine revolutionierende Einrichtung. Wir konntcn damit kostenlos telefonieren und hatten niemals Verbindungsschwierigkeiten.

Zwei Nivea-Dosen mit Löchern und eine sehr lange Schnur. Damit konnten wir uns prima verständigen. Und das über eine beträchtliche Weite hinweg.

Natürlich hatten wir auch Träume; aber sie mussten sich nicht sofort und auch nicht zwingend erfüllen. Allein davon zu träumen war schön.

Wenn ich heute durch Neckarelz gehe, dann vermisse ich einige alte Gebäude und Geschäfte, welche in meiner Kindheit und Jugend den unverwechselbaren Charme und Flair des Dorfes ausmachten.

Aber wie sagt schon Heraklit: "Panta rhei" ("alles fließt") oder "Man kann nicht zweimal in denselben Fluss steigen".

Ich bin ungezählte Male in den Elzbach und in den Neckar gestiegen und es war nicht immer ganz ungefährlich.

Es war die Unbeschwertheit der Kindheit und der Jugend, die uns damals begleitet hat.

Zwei Dingc habcn mich später maßgeblich beeindruckt:

Das war zum einen das Erfahren darüber, dass in der Zeit, in der ich geboren wurde, die Volksschule als Gefängnis für Häftlinge diente. Das war mir viele Jahre, selbst als Erwachsener, überhaupt nicht bewusst.

Und das andere war der 15. April 1975, ein "schwarzer Tag" in der Geschichte der kleinen ländlichen Perle Neckarelz.

Gegen den Willen einer großen Mehrheit in der Bevölkerung wurde Neckarelz im Zuge der "Kreisreform Baden-Württemberg 1973" nach Mosbach eingegliedert.

Jetzt konnten die "Kiwwelschisser" (spöttische Bezeichnung für die Einwohner der Stadt) endlich zu Recht sagen, sie wohnen am Neckar.

Es gab schon viele Jahre davor Postkarten von "Mosbach am Neckar", was eine ausgemachte Hochstapelei war und uns - echt am Neckar gelegenen und wohnenden - Neckarelzern nur ein müdes Lächeln abrang.

*****

"Mein Neckarelz" gibt es nun schon lange nicht mehr. Und doch hat es mir große Freude bereitet in Gedanken noch einmal hindurch zu schlendern.

Gesichter und Geschehnisse waren noch einmal wieder zum Greifen nah und ein wenig war ich sogar aufgeregt, als die Erinnerung mich gefangen nahm.

*****

74

Nachtrag

Lieber Leser!

Ich bitte nur um Nachsicht, sollten sich kleinere Fehler eingeschlichen haben, was Namen und Gebäude betrifft, nagt der Zahn der Zeit doch schon nachhaltig an meinem Gedächtnis.

Ansonsten lade ich Sie ein mich bei meinem Spaziergang zu begleiten. Vielleicht kommt Ihnen ja das eine oder andere vertraut oder zumindest bekannt vor. Ich würde mich sehr darüber freuen!

Und wenn Sie mehr über mich wissen wollen, dann schauen Sie doch einmal auf meiner Homepage **https://www.juergen-von-rehberg.at** vorbei oder schicken Sie mir eine E-Mail.

Ich danke für Ihr Interesse und ich wünsche Ihnen alles Liebe und Gute! Und halten Sie ab und zu inne und lassen Sie die Hektik der Zeit an sich vorbei sausen. Sie werden sehen, es lohnt sich.

Herzlichst Ihr

Juergen von Rehberg

(ehemals Jürgen Ockenfels, Neckarelz, Hauptstr. 207)

p.s. an diese Adresse ging auch das nachfolgende Zeitdokument.

Eine 100 Jahre alte Feldpostkarte aus Suwalki (Polen)
vom Bruder meiner Großmutter an seine Mutter, meine
Urgroßmutter, Katharina Hoffmann in Neckarelz.

Suwalki **15.7.1916**　　　　**Katharina Hoffmann**
Meine Lieben!　　　　　　　　* 28.05.1838
Teile euch kurz mit, dass ich　+ 28.12.1917
seit 8 Tagen wieder gut angekommen bin. Wenn man
vom Urlaub zurückkommt da
geht es einem nicht mehr.
Wie geht es euch allen, hoffentlich
gut. Was macht Irma, ist
es besser seit Lisett in Heidelberg
war. Lasst es ja mit den Kindern
nicht anstehen, dass es wieder
gut wird und dir liebe Mutter (**Katharina**)
wünsche ich auch viel Gesundheit.
Den Ezz sehe ich eben alle Tage.
Gruß von Ezz. Also auf ein Wiedersehen.
Es grüßt euch alle Johann. (**Hoffmann**)

Juergen von Rehberg

Mein

Neckar-Elz II

...da fällt mir noch ein

Vorwort:

Liebe Leser!

Als ich „Mein Neckar-Elz" im Jahr 2016 geschrieben habe, konnte ich nicht ahnen, was daraus werden würde.

Das Büchlein fand ein solches Echo, dass ich davon völlig überrumpelt wurde. Bis zum heutigen Tag wurde es über 250-mal gekauft und wohl auch gelesen.

Über das hinaus wurde ich von vielen Neckarelzern kontaktiert, die mir in liebvollen Kommentaren bestätigt haben, dass ich ihnen aus der Seele geschrieben habe.

Dafür bedanke ich mich recht herzlich!

Was mich über die Maße erstaunt hat, ist die Tatsache, dass mich auch junge Menschen kontaktiert haben.

Auch dafür meinen ganz herzlichen Dank!

Jetzt beginne ich gerade ein weiteres Büchlein „Mein Neckar-Elz" zu schreiben, quasi eine Ergänzung zum ersten. Ich wurde von verschiedenen Seiten dazu angesprochen und ermuntert.

Mal schauen, was daraus wird…

Wie alles begann

Es war die letzte Kriegsweihnacht, als das Christkind in die Hauptstraße 207 – vier Tage vor Heiligabend - ein vorzeitiges Weihnachtsgeschenk vorbeibrachte.

Es handelte sich um ein Knäblein, welches im Neuen Jahr auf den Namen Jürgen, Josef getauft werden sollte. Also um mich.

Jürgen – in Anlehnung an einen lieben Verstorbenen namens Georg und Josef – nach dem Namen meines Vaters.

Im Zimmer zugegen waren die „Storchenmutter", mit bürgerlichem Namen Frau Müller und Hebamme ihres Zeichens, und die Schwester meiner Mutter namens Luise.

Besagte Schwester wich keinen Zentimeter vom Bett meiner Mutter und sie verließ das Zimmer erst dann, als die Hebamme ein energisches Wort an sie gerichtet hatte.

Als ich mein Erscheinen in der Welt durch einen lauten Schrei kündete, kam Tante Luise flugs herbeigeeilt, bewaffnet mit einer gusseisernen Pfanne, in welcher ein intensiv duftendes Stück Fleisch ruhte.

Leider zog diese Eintrittskarte überhaupt nicht. Der starke Geruch des Fleisches rief einen solch heftigen Brechreiz bei meiner Mutter hervor, dass sie mit der ihr verbliebenen Kraft laut „hinaus!" rief.

Tante Luise hat ihr diesen Hinauswurf sehr lange Zeit nicht verziehen.

War die Geburt schon kein Zuckerschlecken, so kam es noch dicker.

Die Brüste meine Mutter entzündeten sich so sehr, dass sie mich nicht stillen konnte. Es musste also dringend Milch her.

Was heute unverständlich und nicht nachzuvollziehen ist, war damals ein Riesenproblem. Es gab zwar einige Bauern im Dorf, aber dennoch nicht leicht irgendwelche Lebensmittel zu bekommen.

Und ich meine Grundnahrungsmittel wie Kartoffeln, Gemüse und Milch.

Es gab, es gibt und es wird immer Menschen geben, die vom Krieg profitieren. Wer etwas zu verkaufen hatte, der wollte auch Bezahlung dafür haben.

Und das geltende Zahlungsmittel in jener Zeit war nicht Bargeld, sondern Schmuck und Bettwäsche. So wechselten nicht nur Ringe, Armbänder, Uhren oder Goldketten den Besitzer, sondern auch Tischdecken oder Bettwäsche. Vorausgesetzt, sie waren von hochwertiger Qualität.

Geld verlor ständig an Wert. Durch die Inflation im Jahr 1945 und in den folgenden Jahren wurde das Geld schneller entwertet als es gedruckt werden konnte.

Erinnerungen an die Inflation 1914 -1923 wurden wach, als sogar Städte ihr eigenes Geld drucken ließen und in Umlauf brachten. Wie auch die Stadt Mosbach.

Oder die Badische Bank der Stadt Mannheim…

Da wurden aus 1000 Mark auch schnell mal schnell eine Milliarde. Ein roter Überdruck und fertig…

Was die Gestaltung anging, so war man schon sehr erfinderisch und künstlerisch voll ambitioniert…

Holde Weiblichkeit für das Auge des geneigten Betrachters…

Wobei man bei diesem Geldschein scheinbar schon erkennen kann, wohin die Reise geht…

Im Proporz zur Verkleinerung des Geldwertes…

Wurden die gleichen Geldscheine in einem größeren Format und in kleinen farblichen Veränderungen gedruckt…

Doch wieder zurück zu den Schwierigkeiten in jenen Tagen etwas zu essen auf den Teller zu bekommen.

Nachdem die Bauern im Dorf – es waren wohl nicht alle gleich – nur unwillig Lebensmittel ohne entsprechenden Gegenwert herausrückten, blieb nur noch das „Hamstern".

Das geschah derart, dass einer „Schmiere stand", während die anderen Beteiligten auf fremden Äckern wilderten.

Eine kleine Anekdote hierzu:

Meine Mutter und Tante Luise gingen, zusammen mit einer Freundin, auf Kartoffelklau. Der Acker, auf welchem die Früchte der Begierde wuchsen, lag im Bereich vom „Lager Hohl".

Während die drei Frauen fleißig beim Ernten waren, hatten sich US-Soldaten herbei geschlichen und sprachen die Frauen an.

Nacktes Entsetzen ergriff die Kartoffeldiebe, zumal es sich bei den Soldaten um schwarze Neger (heutzutage politisch korrekt: colored people) handelte.

Sie rannten in panischer Angst die nach oben führende Straße hinauf, ohne sich auch nur einmal umzudrehen. In ihren Ohren dröhnten die Schritte der Verfolger.

Als sie oben angelangt waren, blieb eine der drei Frauen mit den Worten stehen: „Ich kann nicht mehr…"

Und als auch die beiden anderen anhielten und sich umschauten, bemerkten sie, dass niemand hinter ihnen war.

Die GI's hatten einfach nur im Stand mit den Füßen auf den Boden getrampelt und so bei den angstgetriebenen Frauen den Eindruck vermittelt, sie würden sie verfolgen.

Was beim Erzählen viele Jahre später Heiterkeit auslöste, war damals mit Todesangst verbunden.

Die Haltung einzelner Bauern, aus der Not hungernder Menschen Profit zu schlagen, hat man ihnen irgendwann wohl verziehen; indes vergessen hat man es nie.

Der unsägliche Krieg ging im Mai 1945 zu Ende. Damit begann die Zeit der Besatzung durch die Alliierten.

Amerikanische Soldaten wurden in den Wohnhäusern der Neckarelzer Bürger einquartiert. Sie gingen von Haus zu Haus, besichtigten und requirierten dann.

Auch mein Elternhaus wurde besichtigt. Unser Trumpf-Ass hieß Tante Luise und diese Karte stach.

Meine Wenigkeit, inzwischen schon fähig auf dem „Pot de chambre" – eingedeutscht als „Potschamber" – zu sitzen, wurde als Waffe eingesetzt.

Da saß ich nun auf besagtem Nachttopf inmitten der Küche und strahlte die Prüfungskommission mit kotverschmiertem Gesicht an.

Die Gesichtsbemalung wurde als Verstärkung des zu vermittelnden Eindrucks eingesetzt, jedoch ohne mich vorher zu fragen.

Nacktes Entsetzen in den Gesichtern der Soldaten verriet unmittelbar die gewünschte Wirkung, und als sie die Schlafstätte besahen, gab ihnen diese den Rest.

Tante Luise, inzwischen ihrem 40. Lebensjahr schon sehr nahe, hatte die geniale Idee, eine dreckige, verschlissene Steppdecke auf dem Doppelbett auszubreiten, die normalerweise als Abdeckung für die Kartoffeln im Keller fungierte.

„Goddam", „dirty" und „sick" waren nur einige der Worte, mit dem der Anführer der Truppe den miserablen und verabscheuenswürdigen Zustand des Hauses in der Hauptstraße 207 bezeichnete.

„Come on" und „let's go!" waren die letzten Worte; dann verschwand der kleine Requirierungstrupp und ward nie mehr gesehen.

Die umliegenden Nachbarn verstanden nicht, warum gerade unser Haus verschont geblieben war. Und Mutter und Tante verstanden es ebenso wenig.

Zumindest taten sie so…

Vis-à-vis von unserem Haus und über dem Neckar, war ein unterirdischer Stollen, in welchem von Zwangsarbeitern Flugzeugmotoren gebaut werden sollten.

Zu diesem Zweck wurden in der Volkschule Neckarelz KZ-Häftlinge untergebracht. Sie mussten zu Fuß über die Neckarbrücke in die Stollen in Obrigheim marschieren.

Die Eisenbahnbrücke vor ihrer Zerstörung 1945...

Die unterirdische Fabrikationsstätte wurde immer wieder von Fliegern beschossen und bombardiert. Unser Haus befand sich offenbar in der Einflugschneise für die Angreifer.

Zahlreiche Löcher in der Rückwand des Hauses zeugten davon. Ein Geschoss vom Bord-MG eines Flugzeugs drang durch die Mauer und blieb in der Lamperie meines Schlafzimmers stecken, von wo es keck hervorschaute.

Für die jüngere Generation: Lamperie ist die Be
zeichnung einer hölzernen Wandverkleidung im unte-
ren Bereich eines Innenraumes.

Niemand wusste, ob und wie gefährlich dieses Teil
war. Es war recht groß dimensioniert und die Spitze des
Geschosses ragte ca. 5 cm weit in den Raum.

Irgendwann reifte der Entschluss – ich war schon im
Bereich baldiger, herannahender Pubertät – entschloss
Tante Luise das Geschoss entfernen zu lassen.

Für diese heldenhafte und wagemutige Tat kam nur
einer in Frage: Der Emmerts Karl!

Bewaffnet mit Meisel und Hammer, wuchtete unser
lieber Nachbar und Schmied, die Bedrohung aus der
Lamperie heraus. Nicht jedoch, bevor die Bewohner in
respektvollem Abstand verharrten.

Wenig später präsentierte der bewundernswerte
Mann das Ergebnis seiner Bemühung mit dem ihm eigenen breiten Grinsen.

Dabei qualmte der Rest seiner Zigarre wie eine
Fahne, die man als Zeichen des Triumphes schwenkt.
Den Lohn für seine Heldentat kassierte der wackere
Schmied in Form von ein paar Zigarren, einen Schnaps
und eine Flasche Bier.

Nachdem Schnaps und Bier vor Ort konsumiert
worden waren, wechselte Herr Emmert wieder hinüber
in seine Schmiede, um sich weiter dem Tagesgeschäft
zu widmen.

Mutter und Tante Luise bei einem Spaziergang auf der
Eisenbahnbrücke, lange vor dem Krieg…

Was den Alliierten nicht gelang, vollzogen am 30. März 1945 deutsche Truppen, indem sie die Eisenbahnbrücke sprengten, um dem herannahenden Feind das Überschreiten des Neckars zu erschweren. Die Brücke wurde später nicht wiederaufgebaut.

Das Heranwachsen

Wir schreiben inzwischen das Jahr 1948. Das war ein sehr ereignisreiches Jahr. Die Währungsreform trat in Kraft und mit ihr die Einführung der DM.

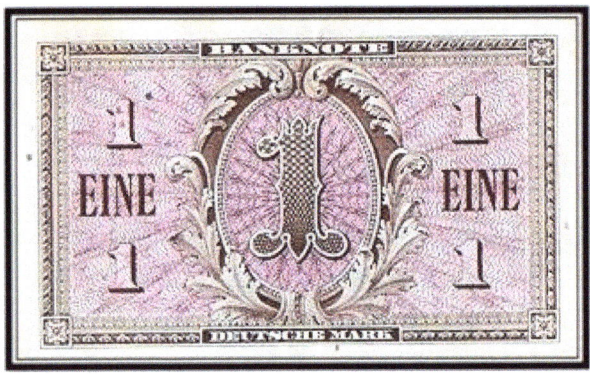

Ich kann mich noch gut an den ersten Geldschein erinnern, den ich geschenkt bekam. Es war wohl nicht gleich zu Anfang der Währungsreform; wahrscheinlich ein paar Jahre später.

Es war ein 5-Pfennig-Schein.

Ein weitaus wichtigeres Ereignis – und das war sehr wohl 1948 – war meine erste lange Hose.

Ich bekam sie anlässlich der Konfirmation meines großen Bruders Klaus.

Der gestrenge Blick in meinem Gesicht ist keinesfalls Ausdruck dafür, dass ich neidisch bin, weil ich keine Geschenke bekommen habe wie mein Bruder.

Ich möchte das nur erwähnen, damit kein falscher Eindruck entsteht…

In meinem ersten Buch „Mein Neckarelz" habe ich ja schon von meiner leidvollen Kindergartenzeit berichtet.

Dazu sind mir noch zwei Dinge eingefallen:

O lobe Gott dein Leben lang!
Er ist so treu und gut.
Er führt auch deiner Füße Gang
Und gibt dir frohen Mut.

Gottes Vaterhand erhält
Wald und Flur und alle Welt,
Sieht, bewahrt, erhält auch mich,
Liebet mich so väterlich.

Lüfte wehn, Bächlein gehn
Nimmermüde früh und spat.
Merke drauf, wer zum Lauf
So sie ausgesendet hat.

Gottes Vaterhand, die führt,
Schirmt und nähret all die Seinen,
All die Großen und die Kleinen,
Daß kein Unfall sie berührt.

1. Ein ähnliches „Heiligenbild" wie eines von diesen war der Auslöser für eine Kontroverse mit einem bösen, rothaarigen, sommersprossigen Mitinsassen aus dem Nachbarort Diedesheim.

Er wollte mir mein Bild entreißen, was ich aber nicht als richtig empfand. Also zerrten wir solange daran herum, bis es in Fetzen ging.

Das wiederum entfachte in mir einen heiligen Zorn, den ich mit den mir zur Verfügung stehenden Mitteln zum Ausdruck brachte.

Der elende Schuft war mir körperlich überlegen, sodass ein Frontalangriff mit Fäusten für mich nicht infrage kam.

Ich beschränkte mich aufs Spucken, was zu meinem Leidwesen Schwester Else beobachtet hatte.

Die Strafe folgte auf dem Fuß: Ich musste in die Ecke stehen.

Diese Ungerechtigkeit habe ich ihr bis zum heutigen Tage nicht verziehen…

2. Ein anderes Ereignis – jedoch viele, viele Monde später – ereignete sich ebenfalls auf dem Gelände des evangelischen Kindergartens.

Das alljährliche Kirchweihfest (sprich Kerwe) hatte die Bevölkerung eingeladen sich zu verlustieren.

Kinderkarussell, Losbude, Zuckerwatte, Verkaufsbuden für jedwede Gebrauchsgegenstände, nebst Spielzeug für die Kleinen.

Das alles berührte uns nicht, waren wir ja doch schon echte Männer. Zumindest unserem Empfinden nach. Zarte sechzehn, siebzehn Jahre, erster Bartflaum und ein Selbstbewusstsein, das in keinen Schrank passte.

Die Schießbude war die Location, auf die unsere Wahl fiel. Und dort eine verlockende Flasche Wermut, die man – durch das Abschießen einer gewissen Anzahl Röhrchen – erwerben konnte.

Jugendschutz war für den Schießbudenbesitzer ein Fremdwort, und so lud er uns die Waffe, mit der wir zu Werke gehen wollten.

Wie, das waren aus meiner Erinnerung heraus Volker, Wilhelm, Rolf und ich. Damals alle vier Mitglieder des Posaunenchors. Leider sind zwei davon nicht mehr am Leben.

Die Menge der vorgegebenen Röhrchen, die es zu eliminieren galt, war beträchtlich. Aber geteilt durch vier, war der dafür aufzubringende Betrag erschwinglich.

Also legten wir an – einer nach dem anderen – und schossen so lange, bis die Flasche Wermut in unseren Besitz über gegangen war.

Wir beschlossen das köstlich-süße Getränk vor unserer nächsten Chorprobe zu genießen.

Ich glaube mich ebenfalls zu erinnern, dass die Probe immer Donnerstag abends in den Räumlichkeiten des Kindergartens stattfand. Und das unter der gestrengen Rigidität von Pfarrer Albrecht.

Der Donnerstag kam, und wir trafen uns – eine Stunde vor Chorprobenbeginn – im Kirchenhof, an den der Kindergarten anschloss.

Dort befand sich auch ein großer Schuppen, in welchem Spielgerät, Sitzbänke für die Kindergartenkinder und anderes untergebracht war.

Im Schutze dieses Schuppens sollte die „Entjungferung" der Wermut-Flasche stattfinden. Die Vorfreude und die Spannung waren riesengroß.

Aber noch viel größer war die Enttäuschung, als wir bemerkten, dass wir vergessen hatten einen Korkenzieher mitzubringen.

Ich weiß heute nicht mehr, wer auf die glorreiche Idee gekommen ist, den Korken in die Flasche hinein zu drücken.

Werkzeug dafür hatten wir ja dabei: Ein Trompetenmundstück.

Mit ihm drückten wir den Korken in die Flasche hinein, geschafft!

So dachten wir im ersten Augenblick; aber mitnichten…

Dieser blöde Korken hatte die dumme und unangenehme Eigenschaft immer wieder zum Flaschenhals zurück zu dringen, wenn wir die Flasche an den Mund ansetzten.

Eine weitere, glorreiche Idee brachte Abhilfe.

Wenn das Mundstück gut genug dafür war, die Flasche quasi zu entkorken, dann konnten wir sie doch auch getrost als Trinkhilfe verwenden.

Gesagt – getan!

Vier – scheinbar dem Wahnsinn verfallene junge Männer – leerten die ganze Flasche, indem sie das Mundstück als Trinkhalm verwendeten.

Das Ergebnis dieser unseligen Tat ließ auch nicht lange auf sich warten. Der Alkohol verrichtete gnadenlos sein Werk.

Als die Chorprobe begann, wurde sie von vier bestens gelaunten, kichernden „Beinahemännern" so sehr gestört, dass sie schon nach wenigen Minuten im hohen Bogen vom Herrn Pfarrer hinausgeworfen wurden.

Dies war die kürzeste Probe, die des evangelischen Posaunenchors jemals abgehalten hat.

Mit einem der Beteiligten, es war Volker, verbindet mich ein weiteres alkoholisches Erlebnis:

In den rückwärtigen Räumlichkeiten des Gasthauses „Linde" wurde Schnaps gebrannt. Ein älterer Mann mit Namen Ludwig Heiss („Lui") war der Meister der kleinen Destillerie.

Es war Freitagabend und ich holte meinen Freund Volker zum Kinogang ab. Da wir zeitig dran waren, bat uns der Vater von Volker, wir möchten für ihn den bestellten „Selbstgebrannten" abholen.

Nichtsahnend kamen wir seiner Bitte nach.

Das Schnaps brennende Schlitzohr lud uns ein den Schnaps zu kosten. Mit dem Argument „Ihr seid doch schon bald Männer" lockte er uns in eine Falle, aus der es kein Entrinnen gab.

Unser Stolz hätte es niemals zugelassen dieser Aufforderung nicht nachzukommen. Zu jener Zeit war mir der Wahrheitsgehalt des Sprichworts „Dummheit und Stolz wachsen auf einem Holz" noch nicht so bewusst.

Wir leerten das Glas auf einen Zug, wie sich das für echte Kerle nun einmal gehörte, und wir vermochten uns auch der zweiten Wahrheit „Auf einem Bein kann der Mensch nicht stehen" nicht zu verschließen.

Die Wirkung ließ nicht lange auf sich warten. Der Film im Casino-Filmtheater war sicher sehr schön; nur wir beide haben ihn nicht gesehen.

Der Herr „Lui" übergab uns die bestellte Menge Schnaps, Volker brachte sie auch brav nach Hause, und ich machte mich derweil ebenfalls auf den Heimweg.

Würde das besagte Schlitzohr heute noch leben, so könnte man ihn der begangenen, schweren Körperverletzung verklagen. Handelte es sich doch um den sogenannten „Vorlauf", der einen extrem hohen Alkoholgehalt hatte.

Allerdings wäre die schändliche Tat schon längst verjährt. Damals waren halt andere Zeiten, und ich kann mir vorstellen, dass der Vater von Volker sich ebenso darüber erheitert hat wie der Herr „Lui".

Dass seine Mutter nicht sonderlich amused darüber war, liegt klar auf der Hand.

Schicksalsschläge

Meine Mandeln entzünden sich immer wieder. Das führt schließlich dazu, dass ich mich einer Operation unterziehen lassen muss.

Der Ort dieses Geschehens ist die Johannes-Anstalt in Mosbach. Sie wird von der Bevölkerung despektierlich auch „Idiotenanstalt" genannt, weil dort geistig Behinderte untergebracht sind.

Es ist das erste Mal, dass ich ohne die schützende Hülle von Mutter und Tante Luise bin, und ich habe schreckliche Angst.

Ich kratze jedes Stückchen Mut zusammen, das ich finden kann; aber es ist nicht genug.

Die Operation hat sich so tief in meine Seele eingebrannt, dass ich fast jedes Detail noch heute abrufen kann.

Ich sitze gottergeben auf einem Stuhl – ähnlich dem eines hohen Frisörstuhls – und harre der Dinge, die da auf mich zukommen sollten.

Hinter mir hat eine Schwester von walkürenhafter Gestalt Aufstellung genommen. Das beunruhigt mich sehr, denn ich kann nicht sehen, was sie vorhat.

Dann weiß ich es. Sie umklammert mit ihren Händen meinen Kopf und presst ihn fest an ihren üppigen Busen.

Kaum habe ich mich von diesem Schock erholt, kommt auch schon der nächste.

Der Herr Doktor steckt mir ein Gerät in den Mund, mit welchem er den Rachenraum spreizt, sodass ich meinen Mund nicht mehr schließen kann.

Dann sehe ich eine riesengroße Spritze auf mich zukommen, mit welcher eine Lokalanästhesie eingeleitet wird.

Ich wünsche mir sehnlichst eine Ohnmacht herbei; was mir das Schicksal leider verwehrt. Was dann kommt, ist ein Geräusch, das ich zeitlebens nicht mehr vergessen werde: Das metallische Reiben zweier Flächen einer Schere, mit welcher meine Mandeln abgeschnitten werden.

Dann ist es vorbei. Ich habe meine erste Operation gut überstanden. Das betrifft natürlich nur den körperlichen Aspekt.

Meine Seele hat massiv Schaden genommen, weil ich sexuell genötigt worden bin (mein Kopf zwischen dem Busen einer wildfremden Frau) und weil mir mein Mund gewaltsam geöffnet wurde (Erinnerung an das Folterinstrument „Mundbirne" aus dem Mittelalter).

Dessen nicht genug, werde ich in ein Zimmer mit zwei alten Männern (vermutlich um die 30 Jahre alt) gelegt, wovon der eine sehr gemein ist.

Der Schmerz der OP-Wunde, in Verbindung mit massivem Heimweh, überwältigt mich. Ich wimmere in mein Kissen.

Dazu muss man wissen, dass es verschiedene Stufen des Klagens gibt: Heulen, schluchzen, weinen, bis hin zum plärren.

In meiner kindlichen Phase gehörte ich zu keiner dieser Gruppen. Ich bevorzugte das Wimmern, ähnlich wie das kleine Hundewelpen tun.

Als ich mich gerade wieder einmal dem Wimmern hingab, sagte der eine der beiden Männer mit barscher Stimme:

„Wenn du nicht sofort damit aufhörst, schmeiße ich dich aus dem Fenster."

Ich erschrak zutiefst und panische Angst ergriff meine zarte Seele. Der andere Mann befleißigte sich umgehend mir die Angst zu nehmen, indem er mir versicherte, dass es sich bei der Drohung um einen Scherz handle.

So gern ich ihm auch Glauben geschenkt hätte; ich konnte es nicht. Als es Nacht wurde und mit ihr die Schlafenszeit kam, traute ich mich nicht die Augen zu schließen.

Um es kurz zu machen, der Fenstersturz fand nicht statt. Wenige Tage später wurde ich entlassen und zum Abschied ließ mich der Herr Doktor in ein großes Glasgebinde   hineingreifen,   welches   auf   seinem

Schreibtisch stand, und in dem sich köstliche Himbeer-Zuckerln (Gutsel) befanden.

Den Namen des bösen Mannes im Zimmer weiß ich nicht mehr, er war aber aus Neckarzimmern...

Das ist der Ort, an welchem sich mein nächster Schicksalsschlag ereignen sollte. Genauer gesagt an der Tür, welche man nach außen öffnen muss, wenn man von der Terrasse über die Treppe hinunter in den Hof gelangen möchte.

Die kleine Holztüre eignet sich auch sehr gut zum Schaukeln:

Oberkörper über die Oberkante der Tür legen.
Mit den Füßen abstoßen und hinausschwingen.
Mit den Füßen von der Kante des Schuppens links Abstoßen und so wieder zurückschwingen.

106

Das klappt solange gut, wie man jeweils genug Schwung mitnimmt.

An diesem speziellen Tag hatte ich beim Hinausschwingen etwas zu wenig Kraft angewandt und konnte dadurch mit den Füßen die Kante des Schuppens nicht erreichen, um mich für das Zurückschwingen daran abzustoßen.

Da hing ich nun zwischen Himmel und Erde und konnte weder vor noch zurück. Hilfe konnte ich keine herbeirufen, weil ich allein im Haus war.

Es kam, wie es kommen musste. Meine von Haus aus zu wenig vorhandenen Kräfte schwanden, und ich musste loslassen.

Der Sturz in die Tiefe verlief suboptimal und ich quittierte dies mit einem Schmerzensschrei.

Ich weiß heute nicht mehr, wer mich so vorgefunden hat und mir damit das Leben gerettet hat.

Aber ich weiß, dass ich mit Tante Luise im Zug in die Orthopädische Klinik nach Heidelberg-Schlierbach gefahren bin, und dass es hinterher ein großes Eis gab.

Mit Tante Luise verbinde ich einen weiteren, auch sehr schlimmen Schicksalsschlag…

In der Bahnhofsstraße – vis-à-vis vom Friedhof liegt die Praxis vom Herrn Dr. Hans Wey. Dieser Mann war im Zweiten Weltkrieg im KZ Neckarelz tätig und unterstützte die dort gefangen Ärzte bei ihrer Arbeit.

Eigentlich ein überzeugter Nationalsozialist, veränderte er angesichts des Elends seine Einstellung und wurde mit viel Risiko zum heimlichen Helfer.

In Anerkennung seiner Verdienste wurde vom Mosbacher Gemeinderat die kleine Brücke über die Elz unterhalb der alten Volksschule in „Dr.-Hans-Wey-Brücke" benannt.

Tante Luise sah in ihm auch den Helfer für mich. Er war unser Hausarzt, und das schon seit Generationen.

Ich hatte mir an der Ferse des rechten Fußes eine ordentliche Blase zugezogen, welche größer und immer größer wurde.

Also marschierte ich mit Tante Luise zur Praxis des verehrten Herrn Dr. Hans Wey. Sie hatte mir jedwede Angst genommen, indem sie mir glaubhaft beteuerte, dass mir der Onkel Doktor eine Salbe auftragen würde, welche die Blase eintrocknen ließe.

Der ältere Herr mit Brille und einem gütigen Lächeln begrüßte mich mit Handschlag und bat mich dann bäuchlings auf der Behandlungsliege Platz zu nehmen.

Dadurch der Sicht beraubt, bedeutete er der, bis dahin, lieben Tante, sie möge sich auf mich lehnen, um mir damit die Möglichkeit zu nehmen, mich von der Liege zu erheben.

Dann nahm er eine Schere, schnitt ein Loch in die Blase und riss mit einem kurzen, heftigen Ruck, mittels einer Pinzette, die tote Haut ab.

Mit einem *„du bist ein tapferer, kleiner Mann"* wollte der Arzt wohl meine Sympathie zurückgewinnen, welche er jedoch durch seine heimtückische Art verloren hatte.

Ich zeigte ihm die kalte Schulter und verließ mit meiner ehemaligen Lieblingstante die Praxis.

Der Heimweg verlief schweigend; zumindest was meine Person betraf.

Tante Luise bemühte sich heftig mir zu versichern, dass sie sich wohl bei der Einschätzung der zu erwartenden Behandlung geirrt habe, und dass sie gleichermaßen entsetzt sei wie auch ich.

Ich glaubte ihr kein einziges Wort. Das Vertrauen war zerstört, und es sollte viele Jahre dauern es wiederherzustellen.

Hinzu kam, dass ich dadurch der Verabschiedung meiner Volksschulkameraden fernbleiben musste, und meinen Beitrag (ich glaube, es war ein Gedicht) nicht vortragen durfte.

Traudl – aufmerksam / Gustl konzentriert / Christl vortragend…

Die Lindengasse

Wenn ich diese Bild sehe, werden viele Erinnerungen
wach…

Es war zum einen mein bevorzugter Schulweg, der mich beim Elternhaus meines Schulkameraden Walter vorbeiführte.

Jedoch immer linksseitig am Gebäude der Metzgerei Schultheiss-Arnold vorbei, weil rechtsseitig der Rottweiler manchmal wartete.

Bei der Mutter von Walter bekam ich manchmal einen heißen Kakao, ich glaube es war ein Kaba-Kakao und er schmeckte köstlich.

Es war im Winter aber auch unsere Schlittenbahn. Sie führte von ganz oben hinunter, beim Wohnhaus von Schulkameradin Ute ums Eck und weiter bis hinunter zur Elz.

Der Mutigste legte sich bäuchlings auf seinen Schlitten und ein anderer, nicht zu allzu schwerer, setzte sich auf dessen Rücken. Daran angehängt folgten noch weiter Schlitten. Dann ging die wilde Fahrt los. Der Lenker dieses Zugs musste höllisch aufpassen, dass er vor dem Sonnenhof auf der linken Seite die Kurve bekam.

Es gab natürlich noch andere Schlittenbahnen. Es wurde praktisch das ganze Dorf genutzt und der damals nur mäßig stattfindende Straßenverkehr ließ es durchaus auch zu.

Da wo die Lindenstraße einen Rechtsbogen hinauf zum Café Münch macht, liegt der Bauernhof der Familie Zorn.

Die Tochter Maria und der Schwiegersohn Josef sind eine große Hilfe für den Altbauern. Ich mag diesen alten Mann sehr.

Er ist nicht sehr groß, hat einen Schnauzer und ein liebes Gesicht. Und der Schalk sitzt ihm kräftig im Nacken.

Als ich einmal abends in den Kuhstall gehe, um ein Kälbchen zu streicheln, sitzt er gerade beim Melken. Als er mich sieht und ich nah genug bei ihm bin, spritzt er mir mit einem Milchstrahl aus dem Euter der Kuh punktgenau ins Gesicht.

Ich kann nicht sagen, ob das damals Können war oder reiner Zufall; denn eine zweite Attacke gab es später nicht mehr.

Kühe waren früher nicht nur Milch- und Fleischlie-
feranten, sie dienten auch als Zugtiere in der Landwirtschaft. Ebenso wie Pferde.

Es war ein erhebendes Gefühl, wenn ich auf dem
Feld mitarbeiten durfte, wobei „arbeiten" nicht ganz
den Kern der Sache trifft.

Ich durfte dabei sein und manchmal auch das Fuhr-
werk lenken; genauer gesagt, gab ich mich dem Gefühl
hin es zu können. Die Tiere kannten ihren Weg auch
von allein.

Es sind herrliche Erinnerungen an diese Zeit. Ich
habe noch sehr konkrete Bilder vor meinen Augen.

Sommer beim Ernten. Es ist heiß. Eine Pause wird
eingelegt. Brot, Wurst und kühlende Getränke werden
verteilt.

Ich sitze unter einem schattenspendenden Baum zwischen Erwachsenen. Es wird gegessen, getrunken und geflachst. Ich fühle mich wunderbar wohl.

Es ist wie auf einem Gemälde von dem niederländischen Maler Pieter Breugel, dem Älteren, das den Namen „Die Kornernte" trägt.

Das schönste Erlebnis findet für mein Empfinden am Abend nach der Arbeit statt.

Wenn dann alle um den großen Tisch in der Stube sitzen und das Nachtmahl einnehmen.

Über dem Tisch, in der Ecke, das Kruzifix, und auf dem Tisch Brot, Gurken und „Hausmacher". Dazu einen Most; für mich nur stark verdünnt.

Ich genieße dieses Gefühl der Zugehörigkeit zu diesen wunderbaren, liebenswerten Menschen, und ich bin jedes Mal fast ein wenig traurig, wenn ich mich mit meiner Kanne voll frisch „gezapfter" Milch auf den Heimweg mache.

Nicht, dass ich kein glückliches Zuhause hatte, ganz im Gegenteil. Aber diese große Familie als Gegensatz zu der meinen – ohne Vater und Großeltern – war schon etwas anderes.

Meine Mutter war geschieden, meine Großeltern noch vor meiner Geburt gestorben, und mein zehn Jahre älterer Bruder ging schon längst seine eigenen Wege.

Und nicht zu vergessen, die „Hausmacher". Für diese Köstlichkeit von einem großgezogenen, selbstgefütterten und hausgeschlachteten Schwein war einfach das Nonplusultra. Ich liebe sie noch heute…

Sollten die Mitglieder dieser tollen Familie dieses Büchlein lesen, so grüße ich sie an dieser Stelle ganz herzlich, in lieber Erinnerung an eine karge Zeit nach dem Krieg.

Die Mutter eines Kriegsgefangenen küsst Konrad Adenauer voller Dankbarkeit die Hand

Es war unbestritten das Verdienst dieses Politikers, dass ab 7. Oktober 1955 die „Heimkehr der Zehntausend" stattfand.

Bundeskanzler Konrad Adenauer hatte in zähen Verhandlungen mit Nikita Chruschtschow das unmögliche Scheinende zuwege gebracht.

Am 7. Oktober 1955 kamen die ersten 600 Heimkehrer im Lager Friedland an, wo sie – in Vertretung des an Grippe erkrankten Bundeskanzlers – von Bundespräsident Theodor Heuss empfangen wurden.

Und ziemlich oben in der Lindenstraße, auf der linken Seite, wo diese schon fast an die Hauptstraße anstößt, kommt im Oktober 1955 auch ein solcher Spätheimkehrer an.

Es handelt sich um Wilhelm Messner, einen vom Krieg und der Gefangenschaft gezeichneten Mann.

Er steht oben auf der Treppe, vor der blumenbekränzten Haustür, abgemagert und mit tränengefüllten Augen und betrachtet mit unsicherem Blick die versammelte Menge, welche sich – teils aus Mitgefühl; aber wohl auch aus Neugier – eingestellt hat.

Die hohe Geistlichkeit, der Herr Bürgermeister und weitere Persönlichkeiten aus dem Ort heißen einen Menschen willkommen, der in der Gefangenschaft, als Folge eines unsinnigen Krieges, gebrochen wurde, und vor dem jetzt eine nur sehr schwer zu bewältigende Aufgabe liegt: Die Wiedereingliederung in eine Gesellschaft, welche sich gerade in ihrem „Wirtschaftswunder" sonnt.

„Von der Hölle ins Paradies!"

So könnte man die Umstände für die Heimkehr dieses Mannes beschreiben, der immer wieder von Weinkrämpfen heimgesucht wird.

Der Männergesangverein umrahmt die feierliche Veranstaltung mit entsprechendem Liedgut, begleitet von leisem Weinen und heftigem Schnäuzen.

Und über die Lindengasse legt sich ein Gefühl, das in diesem Augenblick alle eint: Ergriffenheit…

Bucheckern und Ährenlesen

Es muss wohl etwa in diesem Alter gewesen sein, als mich Mutter und Tante in den Wald mitnahmen, um Bucheckern zu sammeln…

Bucheckern sind die Früchte der Rotbuche, haben eine Form wie ein Dreispitz und sind ca. 1,5 Zentimeter groß.

Die kleinen Nüsschen sitzen zu zweit in einem 3 bis 7 Zentimeter langen Fruchtbecher und werden von einer braunglänzenden Schale umhüllt.

Alle 5 bis 8 Jahre haben die Bäume einen reichen Fruchtbehang und produzieren ihre Früchte erst, wenn sie selbst ein Alter zwischen 40 und 80 Jahre erreicht haben.

Diese mühsam gesammelten Bucheckern wurden dann mittels einer Eisenbahnfahrt in die Ölmühle Neckargerach gebracht, um sie dort pressen zu lassen.

Der Zug hielt dafür extra im Bereich einer kleinen Brücke, unter der das Bächlein durchfloss, dessen Wasser die Mühle antrieb.

Das war keine reguläre Haltestelle und dieser Stopp wäre heute völlig undenkbar. Es geschah in einer Zeit, in der sich die Menschen noch näher waren, und in welcher die Not die Menschen zusammenschweißte.

Eine andere Art aus der Not eine Tugend zu machen, war das Ährenlesen. Im Google, dem Lexikon der Moderne aus dem Internet, steht folgendes darüber zu lesen:

Das Ährenlesen, oftmals auch als Nachlese bezeichnet, war eine verbreitete Erntemethode der niederen sozialen Schichten eines Dorfes. Zur Erntezeit wurden die nach dem Schnitt und Abtransport des Getreides auf dem Feld liegen gebliebenen Ähren gesucht und aufgesammelt.

Hierzu gibt es eine interessante Geschichte aus meinem Buch „Erlebtes und Erdachtes", die ich hier gern wiedergeben möchte:

Big Jon

„Wohin des Weges, Fremde?"

Die beiden Cowboys schauten in die stahlblauen Augen von Big Jon. Dieser stand mitten auf der Straße, braun gebrannt, die rechte Hand locker über seinem 45er hängen, in dessen Mündung bisher alle die, die sich ihm in den Weg stellten, nur ein einziges Mal geschaut hatten.

Big Jon war wohl der schnellste Gunfighter zwischen Neckar und Elzriver und man erzählte sich die tollsten Geschichten über ihn an den Lagerfeuern in der Prärie.

„Verschwinde, du Spinner, sonst machen wir dir Beine!"

Es war Richi, der das sagte, der ältere Bruder von Udo. Die beiden waren Nachbarskinder und zwei, drei Jahre älter als Big Jon.

Big Jon, im reifen Alter von acht Jahren, ließ sich nicht beeindrucken. Er fixierte die Hoger - Brüder mit festem Blick und die Finger seiner rechten Hand lagen fest entschlossen über seinem Halfter, jederzeit bereit - wie ein Adler aus der Luft - zuzustoßen und in gewohnt schneller Manier die tödliche Waffe zu ziehen.

Udo, der jüngere der Hoger - Brüder, hatte die unmittelbare Gefahr erkannt, denn er wandte sich seinem Bruder Richi zu und bedeutete diesem, er solle doch nicht so sein und Jürgen, ich meine natürlich Big Jon mitgehen lassen.

Als er dieses tat, schlotterten ihm vor Angst die Knie und seine Stimme drohte ihm zu versagen. Ja, sie fürchteten wohl alle Big Jon und dessen schnelle Hand.

„Na gut, von mir aus, soll er doch mitgehen, wenn er will", hörte Big Jon ihn sagen und er pfiff seine Hand zurück.

„Da haben die beiden noch einmal Glück gehabt", dachte er still bei sich und außerdem kannten sich die Mutter der Brüder und seine Mutter schon seit der Sonntagsschule.

„Hol dir einen Sack", sagte Udo, *„wir gehen Ähren lesen."*

Big Jon verschwand im Haus und kehrte kurze Zeit später mit einem Jutesack zurück.

„Und wo gehen wir Ähren lesen?" fragte er weiter.

„Gleich hinter der Elzbachbrücke, unterhalb vom Malermeister Fütterer", antwortete Udo geduldig.

Udo war ohne Zweifel der nettere von den beiden Brüdern. Richard war der wortkargere und oft mürrischere von beiden.

„Jetzt halte endlich einmal deinen Schnabel!", fuhr er jetzt dazwischen, *„du quasselst ja dem Teufel seine Ohren weg."*

Big Jon tat schweren Herzens, wie ihn geheißen. Er wäre wohl spielend mit den beiden fertig geworden, wenn er gewollt hätte. Aber schließlich wollte er auch mit zum Ähren lesen gehen.

Was hätte es also genützt, wenn er die beiden mit zwei gezielten Schüssen aus seinem 45er weggepustet hätte?

Die drei Cowboys hatten den Elzriver überquert und waren auf dem besagten Getreidefeld angekommen. Sie hatten Glück. Es war noch niemand vor ihnen da gewesen und sie konnten reiche Beute machen.

Udo, Richi und Big Jon gingen in einer Reihe und sie klaubten die üppig tragenden Getreidehalme vom Boden auf.

Big Jon hatte Mühe mit den beiden Hoger -Brüdern Schritt zu halten. Sie waren ja doch um einiges größer als er und wohl auch kräftiger von der Statur.

Das Feld, auf dem die drei ernteten, war zwar schmal, dafür aber sehr lang. Es erstreckte sich bis zu einem Feldweg hin, der die Grenze zum Nachbarort bildete. In seinem Bereich gab es unzählige Obstbäume, die so sehr mit Äpfeln und Birnen beladen waren, dass deren Zweige zum Teil bis auf den Boden reichten und man fürchten musste, dass das schwere Gewicht die Äste zum Brechen bringen könnte.

Als die beiden Hoger - Brüder und Big Jon in den Bereich dieser Bäume kamen, begannen sie das heruntergefallene Obst aufzusammeln und ebenfalls in ihre

Säcke zu stecken. Es war eine Wonne und es war überhaupt ein prächtiger Sommertag.

Die Sonne blitzte durch das Blätterdach der Bäume und die Äpfel drohten vor überschäumender Saftigkeit zu zerbersten. Sie hingen an den Zweigen, die von einem leicht wehenden Wind hin und her geschaukelt wurden. Und sie sahen Big Jon mit flehentlichem Blick an.

Es war ihm, als hörte er sie sprechen: *„Pflück uns, Big Jon, hab Erbarmen mit uns. Pflück uns, Cowboy, und steck uns in deinen Sack!"*

Big Jon, der sich nie gegen die Gesetze gestellt hatte, hörte einfach nicht hin. Er war bisher seinen Weg immer gerade gegangen, und er hatte nie zuerst gezogen, wenn ihn einer seiner ungezählten Feinde gefordert hatte. Das war nicht sein Stil.

Doch die Äpfel gaben keine Ruhe: *„Was glaubst du, wie sich deine beiden Mädels freuen würden, wenn du ihnen frisches Obst mit nach Hause bringst."*

Big Jon kämpfte weiter gegen die immer stärker werdende Versuchung an.

„Es wäre nur gerecht, wenn du dir ein paar von uns mitnehmen würdest", fuhren die Äpfel mit süßen Worten fort, *„und außerdem schadet das den Großgrundbesitzern nicht im Geringsten."*

Jetzt hatten die wunderschön anzuschauenden und wohlriechenden Früchte des Baumes den bis dahin tapfer widerstehenden Big Jon endgültig überzeugt.

Er schaute sich nach allen Seiten um, ob vielleicht der Marshall in der Nähe sei und dabei entdeckte er die Hoger - Brüder, wie diese mit größtem Eifer ihre Säcke mit frisch vom Baum gepflückten Obst vollstopften.

„Diese Banditen", dachte Big Jon still bei sich und schon begann er es ihnen gleich zu tun. Sein Sack war schon beinahe voll, da hörte er den entsetzlichen Schrei: *„Der Feldhüter, der Feldhüter - lauf, lauf!"*

Kaum hatte Big Jon dies vernommen, flog sein Kopf herum, und mit großem Entsetzen sah er das Unglück mit großen Schritten auf sich zu kommen.

Wer sich ein wenig auskennt in der Prärie, der weiß, dass ein echter Gunman zuerst in seine Karten schaut, bevor er ausspielt.

Was da auf Big Jon zukam war viel schlimmer noch als der Feldhüter. Der Marshall war ein Oldman, der den Höhepunkt seines Lebens schon längst überschritten hatte und auf den schon die Geier warteten.

Seine Finger hatten die Gicht und jedes Greenhorn hätte seinen Colt schneller gezogen als er. Was jedoch wirklich auf Big Jon zu walzte, das war eine mächtige Lady mit wildentschlossenem Blick und viel zu schnellen Beinen.

„Schätze, ich werde mich zuerst einmal zurückziehen", dacht Big Jon still bei sich, und er gab seinem Pferd die Sporen.

Und dann ritt er durch die Todesschlucht, was sein Brauner hergab. Es schien, als sollte er der Gefahr entrinnen können, aber die Karten von Big Jon waren an diesem Tag schlecht gemischt und noch schlechter verteilt.

Er hatte ein absolutes Verlierer-Blatt. Sein Brauner, dessen schweißbedecktes Fell in der gluteißen Sonne glänzte, trat in ein Loch und strauchelte.

Big Jon flog im hohen Bogen auf den staubigen Boden der weiten Prärie. *„Damned!"* fluchte er leise vor sich hin, *„diese verfluchten Präriehörnchen..."*

Richi und Udo waren schon längst am Ende von Deathvalley angelangt und somit außer Schussweite, als Big Jon instinktiv fühlte, wie sich von weitem der Lauf einer Winchester auf ihn richtete.

„Bleib ruhig, Alter!" sagte er zu sich selbst und er schmeckte den Staub der Prärie zwischen seinen Zähnen.

Dummerweise lag er auf dem Bauch und somit auf seinem Colt. Zeit, sich umzudrehen hatte er keine mehr, denn er hörte schon das Schnauben des Verfolgerpferdes und er wusste sofort, dass dessen Reiter kein Anfänger war.

Er hörte das metallische Geräusch der Winchester, welche diese macht, wenn sie durchgeladen wird.

„Das ist das Ende", dachte Big Jon und er wartete auf die Kugel, deren Knall er wohl nicht mehr hören würde.

Er fürchtete den Tod nicht, denn er wusste, dass es ihn eines Tages erwischen würde. Gunfighter wurden alle nicht alt. Entweder traf sie eine Kugel aus dem Hinterhalt, oder es kam einfach einer, der schneller zog.

Die Tatsache, dass er sterben würde, ohne seinen Colt in der Hand, einfach so, wie ein räudiger Kojote, schmeckte ihm gar nicht.

„Behalte die Nerven, Oldfellow!" fuhr er sich selber an. *„Die letzte Kugel hat den Lauf noch lange nicht verlassen..."*

Da fiel ihm ein alter Indianertrick ein, der ihm schon einige Male das Leben gerettet hatte. Er schloss ganz fest seine Augen und hielt den Atem an. So würde es wohl klappen.

Sein Verfolger würde ihn mit Sicherheit für tot halten und an ihm vorbei galoppieren, um die Hoger – Brüder zu erwischen...

Big Jon hielt die Augen geschlossen und die Lippen fest aufeinandergepresst. Er fühlte sein Herz laut schlagen und er hörte, wie das Blut in seinen Ohren rauschte.

Das Hufgeklapper kam nah und immer näher und gleich würde es an ihm vorbeiziehen. Doch halt, was war das? Sein Verfolger blieb genau auf seiner Höhe stehen.

Big Jon fühlte den heißen Atem seines Gegners im Nacken und er hörte sein lautes Keuchen. Dann fühlte er eine kräftige Hand in seinem Haar und während diese unbarmherzig zupackte, um Big Jon zum Aufstehen zu bewegen, hörte er eine feste und laute Frauenstimme: *„Ja wen haben wir denn da? Wie heißt du denn, und wo wohnst du???"*

Big Jon verstand die Welt nicht mehr. Wieso hatte ihn sein Verfolger nicht für tot gehalten? Diesen Trick hatte er ungezählte Male Sonntag nachmittags im Kino gesehen.

Dank seines Freundes Volker, dessen Mutter ein kleines Dorfkino hatte und dessen ältere Schwester an der Kasse saß, durfte er ab und zu umsonst, aber immer erst, wenn es im Kino schon dunkel war, in die letzte Reihe sitzen.

Das war Bedingung. Und auch, dass er und Volker vor Ende des Filmes im Dunkeln wieder hin ausgingen.

Und in all den vielen Western, die er gesehen hatte, hatte der Trick mit dem sich Totstellen immer funktioniert. Doch was half `s; heute hatte er jedenfalls nicht geklappt.

„*So, mein Freund*", sagte die mächtig große und starke Tante, „*du willst mir also nicht sagen, wo du wohnst und wie du heißt. Auch gut, dann werden wir eben zum Gendarmen gehen.*"

Das war das magische Wort. Die Vorstellung, zum Gendarmen gebracht zu werden und vielleicht ins Gefängnis zu müssen, löste bei Big Jon die Zunge. Und wie ein Kanarienvogel begann er zu singen:

Er sagte brav seinen vollständigen Namen auf, samt Adresse, und er fügte auch noch die Namen und die Adresse seiner beiden Kumpane hinzu.

Letzteres tat er unaufgefordert, um seine Lage zu verbessern. Er hätte wohl in diesem Augenblick alles getan, nur um nicht zum Gendarmen zu müssen.

Und er hätte ebenso alles, was ihm zu diesem Zeitpunkt heilig war, verraten und verkauft, denn seine Angst war übermächtig.

Ein zaghafter Blick in das Gesicht seiner Häscherin ließ ihn erkennen, dass seine Lage um nichts besser geworden war. Da kam ihm der „göttliche Funke" in Form einer Eingebung. Ihm war klar, dass er Verstärkung brauchte. Und diese Verstärkung konnten nur Tante Luise und Mutter sein.

Tante Luise, weil sie an Kraft und Gestalt dieser wild entschlossenen Dame ebenbürtig schien, und Mutter, weil diese sowieso wie eine Löwin um ihr Junges kämpfen würde. Also sprach er:

„Ich habe heute noch gar nichts gegessen, ich habe einen solchen Hunger, ich bin schon ganz schwach. Es wäre vielleicht besser, wenn ich schon bald etwas zu essen bekäme.

Ich wohne ja nicht weit weg von hier. Am besten ist es wohl, wenn Sie mich nach Hause bringen, damit ich etwas essen kann. Dann können sie mich ruhig zum Gendarmen mitnehmen.“

Big Jon, inzwischen wieder zum kleinen, jedoch nicht hilflosen Jürgen geschrumpft, ergänzte seine List noch durch ein alles besiegendes, flehendes Schauen und er hatte Erfolg damit.

„Also gut, dann bringe ich dich jetzt nach Hause. Aber dann geht `s ab zum Gendarmen!“

„Ja, ja“, stimmte Jürgen beflissen zu und er fügte seiner Lüge, denn aus nichts anderem bestand seine List, eine weiter hinzu.

Er würde das später mit dem lieben Gott schon ins Reine bringen. Zunächst musste er erst einmal schauen, dass er nach Hause kam; denn dort gab es Hilfe.

Jäger und Gejagter gingen sodann Hand in Hand in Richtung Hauptstraße 207. Als sie dort ankamen, gingen sie ums Haus herum zum hinteren Eingang.

Was für ein schöner Anblick eröffnete sich da dem Knaben; denn Mutter und Tante standen beide auf dem Balkon, als hätte sie eine himmlische Macht dorthin gestellt...

„*Ja Frieda, was führt dich denn zu uns*", sprach die Tante, „*ist etwas passiert?*"

„*Hallo, Luise, gehört der dir?*" fragte Frau Frieda die Tante.

„*Nein*", sprach die Tante, „*der gehört der Charlotte!*"

„*Was*", sagte wiederum die Frau Frieda zur Mutter gewandt, „*der gehört dir, Charlotte?*"

„*Jawohl*", entgegnete die Mutter, „*das ist mein Knoddl!*" (Bei diesem Wort handelt es sich um einen Kosenamen, dessen Ursprung nicht empirisch nachzuweisen ist...)

Diesem Dreiergespräch folgte zunächst einmal ein lautes Gelächter der Beteiligten, welches von Jürgen nicht unbedingt verstanden wurde.

Er fühlte nur, wie der feste Druck der Hand von Frau Frieda etwas lockerer wurde und er erkannte seine große Chance. Mit einem Ruck hatte er sich losgerissen und wie ein geölter Blitz hastete er die Treppe hinauf zum Balkon, hin zu Mutter und Tante.

„*Gerettet*", dachte er still bei sich, und er fühlte wie Big Jon in seinen verängstigten Körper zurückkehrte.

Was Big Jon zu dem damaligen Zeitpunkt nicht wusste, war die Tatsache, dass Frau Frieda, ihres Zeichens ledige Krankenschwester, eine alte Freundin von Tante Luise war und eine Schulkameradin von Mutter.

134

Sie konnte nur mit dem Nachnamen von Big Jon nichts anfangen, weil die Mutter ja verheiratet war und einen anderen Namen hatte.

Als Frau Frieda dann noch erfuhr, dass die Mutter der beiden Mitgauner Maria Spohrer mit Mädchennamen hieß und ebenfalls eine Schulkameradin war, da war das Possenspiel komplett.

Die Geschichte machte in späteren Jahren noch oft die Runde und sie sorgte immer wieder für große Heiterkeit.

Was Frau Frieda am meisten beeindruckt hatte und was sie schlussendlich auch abhielt zum Gendarmen zu gehen, war die scheinbar hilflose Art eines Knaben, der in der höchsten Not nur einen Gedanken hatte, nämlich den, die rettenden Mauern seines Zuhauses zu erreichen.

Er wusste, er würde dort Schutz und Hilfe finden bei zwei wunderbaren und wohl einzigartigen Menschen, in einer Atmosphäre völliger Geborgenheit.

Die Liebe dieser beiden Menschen sollte Big Jon prägen für sein ganzes späteres Leben und er würde sich an sie erinnern in tiefer Dankbarkeit und er würde ihnen über den Tod hinaus verbunden bleiben...

****

Diese wahre Begebenheit spielt Anfang der 50er Jahre auf dem Land, zu einer Zeit, wo die Menschen noch nicht im Überfluss gelebt haben und wo das Ähren lesen eine äußerst sinnvolle Tätigkeit war.

Sobald ein Getreidefeld abgeerntet war, war es erlaubt, die Getreidehalme, welche die Maschine nicht erfasst hatte, vom Boden aufzuklauben und die Frucht privat zu verwenden.

Was jedoch nicht erlaubt war, war das Pflücken von Obst, das noch auf den Bäumen hing. Ausgenommen eine einzelne Frucht; das nannte man damals Mundraub. Dieser Straftatbestand wurde mit Wirkung vom 1. Januar 1975 abgeschafft.

Erinnerungssplitter

Ohrfeigen, Backpfeifen, Maulschellen, es gibt die verschiedensten Bezeichnungen für körperliche Züchtigung.

Von zweien dieser Züchtigungen vermag ich zu berichten.

In der ersten oder zweiten Klasse Volksschule, kurz vor Beginn des Religionsunterrichts. Meine Mitschülerin Gabriele (Gabi) hat mich durch irgendeine Handlung (was genau das war, erinnere ich nicht mehr) provoziert.

Ich mache meinem Unmut Platz, indem ich in ihr Tintenfass, welches in der Sitzbank integriert ist, hineinspucke.

Die betroffene Person ist auf diesem Bild zu sehen…

Mein Timing ist furchtbar schlecht. Im selben Augenblick öffnet sich dir Tür und unser Religionslehrer, seines Zeichens aufstrebender Theologe und leider auch noch Vater von Gabi, betritt den Raum.

Und hast du nicht gesehen, haben sich schon fünf Finger seiner rechten Hand auf meiner Wange verewigt.

Jahrzehnte später bin ich diesem Mann wieder begegnet. Inzwischen doppelter Dr. und Buchautor, treffe ich ihn wieder in meiner Eigenschaft als Filialleiter einer Mosbacher Bank.

Wir kommen ins Gespräch, und ich lerne diesen Mann als sympathischen, liebenswerten Menschen kennen, dem ich seine Missetat von damals auf der Stelle verzeihe.

Ich bin sicher, dass er sich an das Geschehen, damals in der Volksschule Neckarelz, nicht mehr erinnern konnte; indes ich selbst habe es nicht vergessen…

Die zweite Züchtigung fand einige Jahre später im Nicolaus-Kistner-Gymnasium in Mosbach statt.

Ein Mitschüler namens Arno, im Übrigen der Sohn der Schulzahnärztin, hatte vom Kirchweihfest seines Heimatdorfes eine Spielzeug-Miniaturkanone mit in die Schule gebracht.

Mit dieser Kanone – von der Größe einer Streichholzschachtel – konnte man kleine Geschosse abfeuern. Wir Kinder nannten sie damals „Judenfürze". Eine etwas salonfähigere Bezeichnung war „Pfennigkra-cher".

Diese flogen nach dem Anzünden mit einem vernehmbaren Zischen ein kleines Stück weit aus der Kanone heraus.

Es war vor Beginn der Lateinstunde, als Arno die Kanone auf dem Pult der Lehrkraft aufbaute, um sie zu zünden, sobald die Ankunft des Lateinlehrers angekündigt worden war.

Der Lehrer und spätere Direktor des Gymnasiums betrat das Zimmer, und punktgenau zischte das Geschoss aus der Kanone.

Die gesamte Schülerschaft quittierte die Aktion mit einem schallenden Gelächter, und selbst der Herr Lehrer rang sich ein kleines Lächeln ab.

Als er den Schüler aufforderte die Kanone zu entfernen, um mit dem Unterricht beginnen zu können, geschah die hinterlistige Tat.

Kaum dass Arno in die Reichweite des immer noch lächelnden Herrn Lehrers kam, fing er sich eine solch heftige Ohrfeige an, dass diese ihn zu Boden warf.

Man muss dazu wissen, dass unser Lateinlehrer ein großer und bulliger Typ Mensch war, dessen Hände wie kleine Schaufeln waren.

Auch diesem Mann bin ich später in derselben Bank wieder begegnet.

Aus dem einstigen Hünen war ein alter, gebroche-
ner Mann geworden, der mich nicht erkannte, und der
mir fast ein wenig leid tat…

Der Weg als Schüler in die nahe Kreisstadt war im
Allgemeinen problemlos; nur im Winter nicht.

Meine Abfahrtspunkte für den Bus lagen im Bereich
Elzbachbrücke/Bahnhofstraße und Café Münch. Eine
weiter Möglichkeit war die Benutzung der Bahn.

Meine Wahl für das Verkehrsmittel hing im We-
sentlichen davon ab, was mich in der Schule erwarten
würde.

War es ein normaler „Arbeitstag", so nahm ich si-
cherheitshalber den Zug nach Mosbach. Dann marschierte ich die Bahnhofstraße hinauf und wartete geduldig auf die Ankunft des Zuges.

Dieser kam meistens mit einiger Verspätung; aber
in dem geheizten Wartesaal war das kein Problem.

Ganz anders hingegen verlief das Prozedere, wenn
eine Klassenarbeit in der ersten Stunde anstand.

Dann nahm ich den Bus. Zumindest bemühte ich
mich in einen solchen einsteigen zu können. Während
der Winterszeit waren die Busse ständig überfüllt.

Wohlerzogen, wie ich nun einmal war, habe ich
stets den anderen den Vortritt gelassen. Das führt dazu,
dass ich meine erste Unterrichtsstunde meistens verpasste.

Möglich war dieses Kalkül jedoch nur, weil ich in meiner Klasse der einzige Schüler aus Neckarelz war.

Die Winter in jenen Tagen waren ziemlich heftig. Spezielle Winterbekleidung und richtig warme Schuhe gab es zu jener Zeit nicht.

Der Hausmeister des Gymnasiums, ein gewisser „Zorro" (den Namen haben ihm die Schüler verpasst), empfand große Genugtuung die wartenden und frierenden Schüler keine Minute früher das Gebäude betreten zu lassen als vorgesehen.

Was mir noch fest in Erinnerung ist, sind die Auswirkungen sozialer Unterschiede, die wir weniger privilegierten Kinder zu spüren bekamen.

Der Umgang des Lehrkörpers mit den Schülern richtete sich unübersehbar nach sozialer Herkunft. Die Kinder von Akademikern (Rechtsanwälte, Ärzte etc.) und gesellschaftlich höher Stehenden verlief deutlich erkennbar anders.

Das führte bei mir dazu, dass ich mich für meine Herkunft irgendwann zu schämen begann. Gefragt, welchen Beruf mein Vater ausübt, erfand ich die Berufsbezeichnung „Revieroberförster" und auch „Versicherungsoberinspektor".

Nicht, dass es diese Berufe nicht gegeben hätte; aber mein Vater war keines von beiden.

Meine Mutter war geschieden, und ergo wusste ich gar nicht, welchen Beruf er ausübte. Aber das fiel niemandem auf, weil es im Grunde genommen keinen interessierte.

Dass meine Mutter und meine Tante – gegenüber den aufgeblasenen Besserverdienenden - die wertvolleren Menschen waren, das wurde mir erst viel später klar.

Sie mussten sich das Schulgeld (das es damals noch gab) und das Geld für Schulbücher und anderes vom Mund absparen, um mir eine bessere Bildung zu ermöglichen.

Ein ganz verrückter Zeitgenosse des Lehrkörpers war ein Herr Dr. E., seiner Aufmachung nach, ein richtiger Pfau.

Er unterrichtete Englisch, Französisch und Sport. Erschien er zum Sprachunterricht stets in feinstem Zwirn, so präsentierte er im Sommer beim Sport im Freien seinen gestählten, Körper:

Kurze Hose, nackter Oberkörper und Trillerpfeife im Mund, die er gern, oft und mit großer Vehemenz benützte.

Ein Abbild von einem Mann; ein Bär. Das zeigte sich nicht zuletzt auch in seiner Behaarung. Großer Pelz auf der muskulären Brust und Haarbüschel aus Nase und Ohren…

Das erinnert mich an eine kleine Episode. Sie ereignete sich, als uns der „Speaker", „Sir", vulgo Dr. E. wieder einmal um die Gebäude des Gymnasiums jagte.

Die beiden Spitznamen hatten ihm die Schüler verpasst. Worauf er unbedingt Wert legte, war die Anwendung seines akademischen Titels.

Als er einmal versehentlich von einem Schüler mit Herr E. angesprochen wurde, korrigierte ihn der fälschlich Angesprochene mit den Worten:

„E. heißt jedes Schwein – ich heiße Dr. E.!"

Für dieses Zitat verbürge ich mich; denn ich war bei diesem Vorfall persönlich anwesend.

Doch zurück zu der erwähnten sportlichen Herausforderung.

Die Laufstrecke führte - gegen der Uhrzeigersinn - hinter dem Gebäude beginnend, auf die Vorderseite und wieder zurück auf die Rückseite. Und das ganze zehn Runden lang.

Mein sportlicher Ehrgeiz lag damals noch im Argen und sollte erst viel Jahre später erwachen. Mag wohl auch daran gelegen haben, dass ich figürlich nicht dazu prädestiniert war.

Mein schmächtiges Erscheinungsbild nach dem Krieg, war durch den unermüdlichen Einsatz von Tante Luise dahingehend korrigiert worden, dass ich zu häufigem Schlagsahnen-Konsum angehalten wurde.

Die Milch vom Bauern, den ich einige Buchseiten vorher erwähnt habe, hatte über Nacht immer ordentlich Rahm gezogen, welcher in Sahne umgewandelt wurde, die als Zugabe zu Obst und Kuchen gereicht wurde.

Die Menge macht ja bekanntlich das Gift, und ich bekam eindeutig zu viel davon. Die Kurzatmigkeit, welche bei sportlicher Betätigung zutage trat, war der Beweis dafür.

Also hieß es meine Ressourcen sinnvoll zu verwalten. Ich machte das derart, dass ich jede zweite Runde aussetzte und auf der Treppe (links im Bild) zum Verschnaufen nützte.

Die letzte Runde beendete ich dann heftig atmend, ja beinahe schon fast keuchend, um dem Herrn Dr. zu gefallen.
Dieses Spiel spielte ich immer wieder, ohne je dabei entdeckt zu werden.

Das heißt; nicht ganz. Einmal wurde ich dabei entdeckt.

144

Wilhelm Heuß, der Schuhmacher aus Neckarelz, kam an der Schule vorbei (ich glaube mit dem Moped) und sah mich auf der Treppe sitzen. Er hielt an und beobachtete mein Vorgehen.

Als er wenige Tage später zu uns nach Hause kam, um repariertes Schuhwerk abzugeben und um den Lohn zu kassieren, teilte er mit einem rechten Schmunzeln die Pfiffigkeit des Knaben Jürgen seiner Mutter und der Tante mit.

Durch diese Pfiffigkeit habe ich den Versuch des Herrn Dr. E. erfolgreich torpediert aus mir einen kernigen, sportlichen Menschen zu machen.

****

Um ein ganz anderes Bild von der deutschen Jugend den Menschen in Amerika vermitteln zu können, gingen die GI's während der Besatzung vor.

Es war nicht nur perfide, es war auch total verlogen.

Im Neckarelzer Wald (im Bereich Waldsteige) war eine amerikanische Kompanie – im Rahmen eines Manövers – untergezogen.

Das hatte sich sehr schnell herumgesprochen, und einige Kinder, darunter auch ich, gingen in den Wald, um das Spektakel näher zu beäugen.

Wir schlichen uns langsam heran, wurden aber entdeckt. Die Soldaten winkten uns freundlich zu und hielten Schokolade in den Händen, um uns damit heran zu locken.

Die Gier bei uns hungrigen Knaben siegte über die Angst, und wir gingen zu den Soldaten hin, um die Schokolade in Empfang zu nehmen.

Was dann geschah, ist widerwärtig. Die Soldaten steckten uns Kindern Zigaretten in den Mund, zündeten sie an und postierten uns vor ihren Fahrzeugen.

Dann fotografierten sie uns.

Als ob das nicht schon genug gewesen wäre, fragten sie uns, ob wir eine große Schwester hätten. Das geschah derart, dass sie immer wieder insistierten: *„Sister, Sister?",* und dabei mit einer Handbewegung eine gewünschte Körpergröße andeuteten, weil wir eine Altersangabe auf Englisch nicht verstanden hätten.

Obwohl wir noch rechte Knirpse waren, hatten wir deren Spiel sehr schnell durchschaut. Fast jeder von uns bestätigte, dass er ein bis zwei Schwestern hätte.
Und das unabhängig davon, ob nun wahr oder nicht.

Die nächste Stufe der Perfidie bestand darin uns zu animieren die vorhandenen, bzw. nichtvorhandenen Schwestern in den Wald zu schicken.
„Bring Sister here!"

Da die Phonetik für uns wie *„Bring Sister hier!"* klang, verstanden wir das Ansinnen der Soldaten.

146

Wir nickten fleißig, jedoch nicht ohne die Hand dabei fordernd auszustrecken. Und der Erfolg blieb nicht aus.

Zumindest was unseren Teil der Abmachung betraf. Wir trachteten die nächste Zeit tunlichst darauf diesen testosterongesteuerten, tapferen Befreiern nicht mehr zu begegnen…

****

Einmal im Jahr war großer Einkaufstag. Dann fuhr ich mit Mutter und Tante mit dem Zug nach Mannheim.

Das geschah im Oktober, wenn die Saison zu Ende ging, und Tante Luise als Servierkraft in der Gastronomie genug Geld verdient hatte.

Das war ein rechter Freudentag für mich. Nicht nur, dass es neue Hose, Pullover, Schuhe gab, sondern auch ein Besuch im Restaurant, im obersten Stock des Kaufhauses.

Am frühen Morgen begann die Reise.

Die Fahrt mit der Eisenbahn hatte ihren eigenen Reiz. Vorbei am Stellwerk, durch einige Tunnels, und immer den Neckar im Blick.

Das war in der Zeit, als es noch 1. Und 2. Klasse Zugabteile gab, und man die Fenster, welche mit einem Lederriemen fixiert waren, öffnen konnte.

Bei jedem Fenster war ein Schild angebracht, welches in 4 Sprachen den Fahrgast aufforderte:

E pericoloso sporgersi – italienisch
Ne pas se pencher en dehors = französisch
Do not lean out = englisch

Ich kann mich noch gut daran erinnern, dass ich mir diese Worte immer wieder vorsagte, bis ich sie auswendig konnte.

Was die genaue Aussprache betraf, so konnte ich Italienisch aussprechen, wie man es las, Englisch sagte mir die Tante und Französisch, nun, da schweigt des Sängers Höflichkeit…

Als wir am Nachmittag wieder zurück waren, führte ich mein neues Gewand sofort aus. Es war Samstag und die alten Herren hatten ein Spiel. Danach kam noch die 2. Fußballmannschaft von Neckarelz.

Ich sehe mich heute noch, stolz wie Oskar, mit meiner braunen Cordhose, braunen Schuhen, einem taubenblauen Pullover mit hellgrauem Schalkragen und einer braunen Schirmmütze aus Cord. Und alles funkelnagelneu!

Es mag dem Leser unglaubhaft scheinen; aber ich versichere, dass das genau das Outfit war, das ich an jenem Tag getragen habe. Und ich sehe es heute noch genauso vor mir.

****

Eine weitere, unglaubliche Geschichte, auch aus meiner Sicht, war die Sache mit Mutters Fahrrad.

Meine Mutter fuhr damit 6-mal in der Woche zur Arbeit in die Konservenfabrik Voss nach Diedesheim.

Im Sommer durfte ich an Samstagnachmittagen und Sonntagen mit ihrem Rad ins städtische Schwimmbad nach Mosbach fahren, welches neben dem Cäcilienbad lag.

Als es Zeit war, wieder nach Hause zu fahren, hörte ich schon von weitem Lärm vom Fußballplatz auf die Straße dringen.

Ich beschloss die mir noch verbleibende Zeit bis zur geforderten Rückkehr zu nützen und stellte das Fahrrad am Zaun ab, der das Fußballfeld begrenzte.

Und wie es sich gehört, sperrte ich das Rad ab und steckte den Schlüssel in die Tasche. Als das Spiel zu Ende war, wollte ich das Rad wieder aufsperren und nach Hause fahren.

Zu meinem großen Entsetzen war der Schlüssel nicht mehr da. Panik brach los. Ich musste den Schlüssel unbedingt wiederfinden.

Ich hatte im Verlauf des Spiels natürlich mehrmals meinen Standort gewechselt, und so blieb mir nichts anderes übrig, als rund um den Spielfeldrand nach dem Schlüssel zu suchen.

Ein anderer Junge war so freundlich mir dabei zu helfen. Aber auch gemeinsam hatten wir keinen Erfolg.

Es war die sprichwörtliche Suche nach der Nadel im Heuhaufen; nur dass es sich um einen Schlüssel handelte und dass die Suche im Gras stattfand, und nicht im Heu.

Nach langem Suchen gaben wir dann auf. Das Rad zu schieben, ging natürlich nicht.

Also hob ich das Hinterrad in die Höhe und marschierte so durch die Herrenwiese, vorbei am Sägewerk nach Hause.

Ich bugsierte das Rad so leise wie möglich in den Schuppen, um die Mutter nicht aufmerksam zu machen.

Dann ging ich hinüber zu Herrn Emmert, dem Nachbarn, der noch in der Schmiede tätig war.

Ich schilderte ihm, mit Tränen in den Augen, mein Leid.

Herr Emmert sah mich kurz an, dann nahm er Hammer und Meißel und drückte mir beide in die Hand.

Mit einem *„damit müsste es gehen"*, nickte er mir aufmunternd zu und machte sich seinerseits wieder an seine Arbeit.

Ich ging zurück zum Fahrradschuppen und setzte den Meisel an. Dann setzte ich vorsichtig den ersten Schlag gegen die Befestigung des Schlosses.

Es geschah nichts; außer, dass es höllisch laut war. Ich streckte vorsichtig den Kopf aus dem Schuppen und lugte hinauf zur Terrasse, um zu sehen, ob die Mutter – vom Lärm aufgeschreckt – erscheinen würde.

Ich setzte einen weiteren Schlag an, einen festeren, und wieder geschah nichts. Mein Herz schlug bis zum Hals und in meinem Kopf hämmerte wie wild.

Dann setzte ich alles auf eine Karte. Ich schlug mit aller Kraft auf den Meißel, und das Schloss löste sich mitsamt der Halterung und flog zu Boden.

Der Schlag war so laut, dass man ihn bis ins Oberdorf hören konnte. Jetzt war alles verloren. Ich ging hinaus aus dem Schuppen, stellte mich vor die Treppe, welche hinauf auf die Terrasse führte und wartete.

Ich wartete, dass meine Mutter hinzueilen würde, um mit einem Entsetzensschrei meine Untat zu entdecken. Tränen stiegen in mir auf. Tränen der Verzweiflung und der Schuld darüber, dass ich dies meine Mutter angetan hatte.

Und dann geschah das Wunder; meine Mutter erschien nicht. Sie erschien nicht, obwohl sie im Haus war, wie ich kurz danach auch feststellen konnte.

Ich brachte Herrn Emmert Hammer und Meißel zurück. Er hatte mich schon - in der Tür der Schmiede stehend - erwartet.

Ich denke, er hatte mich schon die ganze Zeit über beobachtet. Ich gab ihm Hammer und Meißel zurück und bedankte mich artig.

Danach ging ich zurück, um mich meiner Tat zu stellen. Ich wischte noch schnell die Tränen ab und ging dann zu meiner Mutter in die Küche.

Die Frage, ob alles in Ordnung sei, beantwortete ich spontan mit einem JA. Überrascht von der Frage, kam ich erst gar nicht zum Überlegen. An und für sich hatte ich ein anderes Szenario erwartet als das. Hatte die Mutter mein Hämmern gar nicht gehört?

Vorstellen konnte ich mir das auf keinen Fall; aber ich sah es willig als Möglichkeit an.

Jetzt blieb nur noch die Frage, ob ich das Geständnis gleich ablegen sollte oder lieber etwas später.

Spätestens am Montag, wenn Mutter das Rad nehmen würde, um zur Arbeit zu fahren, würde alles auffliegen.

Der Sonntag war ein schlimmer Tag für mich. Hin und hergerissen ob des abzulegenden Geständnisses, wartete ich auf eine Lösung, von der ich keine Ahnung hatte, wie sie wohl aussehen könnte.

Der Montag kam, und Mutter musste zur Arbeit. Während ich noch beim Frühstück in der Küche saß, und die Mutter die Treppe hinunter zum Hof stieg, wartete ich auf den Entsetzensschrei.

Aber es kam keiner. Unverständnis befiel meine schuldbeladene Seele. Die Mutter musste doch bemerkt haben, dass kein Schloss mehr an dem Rad war.

Meine Mutter hat das Fehlen des Schlosses niemals erwähnt, was ich bis heute nicht verstehen kann. Den Grund habe ich zwar nie erfahren; aber ich bin mir sicher, es hatte etwas mit Liebe zu tun…

****

I

Ich hatte zu Herrn Emmert immer einen guten Draht, und ich verbrachte gern Zeit bei ihm in der Schmiede.

Er war neben seiner Tätigkeit als Hufschmied auch sehr geschickt im Fertigen von Zäunen aus Metallstangen, oft verziert mit kunstvoll gefertigten Rosetten.

Eines Tages fuhr er mit dem Moped und einem Anhänger ins Oberdorf, um dort eine Terrassenüberdachung mit Wellplatten aus gelbem Kunststoff zu montieren.

Ich durfte mit ihm fahren, um ihm zur Hand zu gehen. Herr Emmert mochte mich und ich mochte ihn; wir waren ein gutes Team.

Schon bald, nachdem wir angekommen waren, stellte Herr Emmert fest, dass er irgendwelche Werkzeuge vergessen hatte. Was es war, weiß ich heute nicht mehr.

„Du nimmst jetzt das Moped und holst mir das und das!"

Ich hielt das natürlich für einen Scherz, denn ich war noch viel zu jung, um Moped fahren zu dürfen.

Mit der ihm eigenen Art bedeutete er mir, dass ich das ruhig machen könne; es wäre ja nicht weit und außerdem wäre auch kaum Verkehr.

Theoretisch war mir wohl bewusst, wie man ein solches Moped bedient; aber es zu fahren war noch einmal etwas ganz anderes.

„Du setzt dich jetzt da drauf, dann legst du den Gang ein, hältst die Kupplung gedrückt und ich schiebe dich an. Dann lässt du die Kupplung los und schon fährst du. Wenn du bei der Schmiede bist, nimmst du den Gang raus und lässt du das Moped laufen."

Ich hatte gut zugehört, und wie in Trance setzte ich mich auf das Moped. Die warme Stimme des Mannes, der völlig in sich ruhte, sein freundliches Lächeln, das alles hatte mir jegliche Angst genommen.

Das Ganze passierte in den 50ern, in einer Zeit, wo der Genuss von beruhigenden Substanzen, wie Cannabis noch kein Thema war. Der Mann war einfach die Ruhe selbst.

Ich fuhr los, die Hauptstraße hinunter bis zur Schmiede. Die ganze Zeit über im ersten Gang; denn schalten getraute ich mich nicht.

Das ging problemlos vonstatten, zumal ich die ganze Zeit über Vorfahrt hatte. Problematisch wurde es dann erst bei der Rückfahrt.

Wenn man vom Unterdorf kommend zur Kreuzung Badischer Hof kam, so hatte der, von rechts kommende, Verkehr aus Richtung Neckarzimmern Vorfahrt.

Und diese Tatsache machte mir Angst. Ich näherte mich vorsichtig der Kreuzung, und ich hatte großes Glück. Von rechts kam gerade niemand.

So überstand ich die Fahrt schadlos und mit stolz geschwellter Brust. Ich war zum ersten Mal Moped gefahren.

****

Der an mein Elternhaus angrenzende Garten war der ganze Stolz von Tante Luise. Sie hatte einfach einen grünen Daumen.

Ob das der Kirschenbaum war, der Zwetschgenbaum oder der Birnenbaum, alles blühte und gedieh prächtig.

Der Birnenbaum, mit seinen köstlichen Früchten mit Namen „Frauenschenkel", die an der Seitenfront des Hauses wuchsen, konnte man vom Schlafzimmerfenster aus, pflücken.

Es handelt sich um keine weiche Frucht, und somit scheint der Vergleich mit dem zarten, eher festen Schenkel einer jungen Frau durchaus legitim zu sein.

Fauenschenkel, Frauenbirne, Römische Schmalzbirne

Ebenso wie verschieden Blumen im Garten hinter dem Haus wuchsen, gab es auch Bohnen, Rhabarber und Erdbeeren. Mit letzteren verbinde ich ein schreckliches Erlebnis.

Ich wurde in den Garten geschickt, um Erdbeeren zu pflücken. Und während ich dieses tat, tauchte urplötzlich eine Schlange unter dem Erdbeergrün auf.

Zu Tode erschreckt, sprang ich auf, griff nach einer Hacke, die in der Nähe lag und schlug wie wild auf das Tier ein. Genauer gesagt, ich zerstückelte sie.

Mein Nachbar, Herr Hugo Spohrer, der zufällig am Zaun stand, belegte mich mit einer gewaltigen Schimpftirade. Er wollte sich gar nicht mehr beruhigen.

Ich vermag die Worte im Einzelnen nicht wiederzugeben; aber sie waren von höchster Qualität.

Mein Vergehen lag darin, dass es sich gar nicht um eine Schlange handelte, sondern um eine Blindschleiche, ein Nutztier also.

Nur, wie hätte ich unbedarfter Knabe das wissen sollen. Erstens ging alles so rasant schnell und zweitens kannte ich den Unterschied zwischen Schlange und Blindschleiche ja überhaupt nicht.

Mit das Schönste in Tante Luises Garten waren die beiden Fliederbüsche. Weißer und lila, gefüllter Flieder.

Wenn er im Mai/Juni in voller Blüte stand, war die ganze Luft erfüllt von einem unbeschreiblichen Duft.

Ewald Bulling, ein Dorfbewohner, der im Haus wohnte, in welchem Drogist und Fotograf Josef Prudlo sein Geschäft hatte, ging eines Abends bei unserem

Gartenzaun vorbei, und blieb – angelockt von dem betörenden Duft des Flieders – dort stehen.

Er grüßte meine Mutter freundlich, die mit meinem Bruder und mir auf der Terrasse stand, und fragte, ob er ein oder zwei von den roten Fliederzweigen haben könne.

Gemeint war natürlich der lila Flieder.

Noch bevor meine Mutter reagieren konnte, sagte mein großer Bruder:

„Stell doch deinen roten Zinken in die Vase, dann hast du einen roten Flieder."

Mein Bruder bezog sich damit auf die stark gerötete Nase des Fragenden.

Sowohl meine Mutter, wie auch ich, erschraken zutiefst ob dieser respektlosen und frechen Antwort meines Bruders und sie hieß sogleich Herrn Bulling sich ein paar Zweige abzubrechen als Entschuldigung für das rüpelhafte Verhalten ihres ältesten Sohnes.

Ich habe lange überlegt, ob ich diese Episode erzählen soll, habe dann aber entschlossen es zu tun.

Ich will damit aufzeigen, dass es Respektlosigkeit zu allen Zeiten gegeben hat, und dass es kein Phänomen aus heutiger Zeit ist.

Es tut mir noch heute leid, dass ein junger Rotzlöffel einen schwer arbeitenden Mann dermaßen beleidigt hat, und dass dieser Mensch mein Bruder war.

****

Es gäbe sicher noch viel zu erzählen; aber ich möchte es damit genug sein lassen. Ich freue mich, dass ich in der Kiste meiner Erinnerungen einiges finden und zu Papier bringen konnte.

Mir wurde beim Schreiben einmal mehr bewusst, dass die bemerkenswerten und auch wertvollen Menschen nicht vordergründig aus der gehobenen Gesellschaft sein müssen; zumindest nicht aus meiner Sicht.

Da fallen mir eher Menschen ein wie der Mann, der auf dem Nachhauseweg von der Arbeit seiner Frau eine Freude bereiten wollte…

Wie ein Mann, der aus der 1955 aus Kriegsgefangenschaft heimkehrt und seinen Sohn wiedersieht, denn er zuletzt bei dessen Taufe im Jahr 1944 gesehen hat…

Wie ein Mann, der in seiner kleinen Werkstatt Schuhe flickt, umgeben von Duft aus Gummi, abgeschliffenem Leder und Leim…

Wie ein Mann, der Gustav heißt, den sie respektlos „Puffpaff" nennen, und der sich bei Vereinen wie

Feuerwehr und Karnevalsverein engagiert, und der Hand anlegt, wenn es heißt ein Festzelt aufzubauen…

Wie ein Mann, wie mein Freund, der Schmied, der einem kleinen Jungen das Gefühl gibt etwas wert zu sein und etwas zu können…

Das alles waren bemerkenswerte Menschen, die sich noch in meiner Erinnerung befinden und denen ich – auch noch im Nachhinein – Respekt zollen möchte.

Meine Kindheit und Jugend waren erfüllt von schönen Dingen und Ereignissen, und ich hatte das große Glück von zwei wunderbaren Frauen erzogen zu werden, die mir die wichtigen Wertigkeiten des Lebens mit auf meinen Weg gegeben haben.

Es war eine Zeit der Entbehrung, in welcher ich herangewachsen bin, und doch war sie um vieles reicher als die heutige Zeit.

Wir hatten keinen Fernseher – zumindest für eine lange Zeit – und wir hatten weder Computer noch Smartphone.

Was wir hatten war Fantasie, und davon in reichem Maße.

Wir brauchten auch keinen Arzt oder Psychologen, der attestierte, dass wir hyperaktiv sind oder Restless legs (RLS) haben.

Wir haben unseren Bewegungsdrang in der Natur ausgelebt und man musste uns zwingen ins Haus zu kommen. Heute verläuft es genau umgekehrt, man muss die Kinder zwingen hinaus zu gehen. Und es gab auch keine Computerspiele. Wir erfanden unsere Spiele selbst.

Ich kann die heutige Jugend nur bedauern, ist sie doch um vieles ärmer, als wir es je waren…

Nachwort

Liebe Leser,

nun bin ich am Ende meiner Geschichte angelangt, und ich kann nur hoffen, dass ich Sie bis zum Schluss auf meine Reise in die Vergangenheit mitnehmen konnte. Sollten mir Fehler unterlaufen sein (chronologische oder Namensfehler), so bitte ich Sie um Nachsicht. Ich habe nach bestem Wissen und bester Erinnerung meine Erlebnisse niedergeschrieben, und ich wünsche mir sehr, dass Ihnen meine Schilderungen gefallen haben.

Ich danke Ihnen für Ihre Aufmerksamkeit, für Ihr Verständnis und dafür, dass Sie mein Büchlein gekauft haben Ich wünsche Ihnen alles Gute und schicke liebe Grüße von der Donau an den Neckar und an die Menschen, denen ich mich verbunden fühle.

Herzlichst Jürgen Ockenfels, alias Juergen von Rehberg

*****

Die Geschichte, welche ich Euch/Ihnen jetzt erzählen werde, ist natürlich frei erfunden; könnte sich aber durchaus so abgespielt haben…

Was jedoch nicht erfunden ist, das sind die Namen der Protagonisten. Sie haben alle gelebt, es waren auf ihre ganz spezielle Art „Originale", und ich habe sie persönlich gekannt.

Juergen von Rehberg

Bruderschaft der Gerechtigkeit

Schmunzeln in CORONA-Zeiten

Das Gasthaus „Zur Eiche" stand in einem kleinen Ort, der überschaubar viele Einwohner hatte, und den die Einwohner scherzhaft „Two-River-Town" nannten.

Diese Bezeichnung bezog sich auf die Tatsache, dass in diesem Ort zwei Flüsse eine Verbindung eingingen. Der eine, eher ein Bächlein, begehrte Einlass bei einem größeren, der die Bezeichnung „Fluss" durchaus verdiente.

Bei der Namensgebung des Ortes stand auch der zweisilbige Teil eindrucksvoll vor seinem einsilbigen Anhängsel.

Es war nach dem Krieg, und die noch vorhandene Bevölkerung strebte - jeden Tag ein bisschen mehr – wieder der Normalität zu, wie sie vor dem Krieg geherrscht hatte.

Viele Männer waren nicht mehr zurückgekehrt, und andere Dorfbewohner ließen durch die zerstörerische Wirkung des Krieges ihr Leben oder durch Krankheiten, welcher ein solcher hie und da mit sich zu bringen vermag.

Was die Überlebenden jedoch nicht vergessen hatten, war das Auftreten und Wirken einzelner Personen, welche unter dem Hakenkreuz aus der Bedeutungslosigkeit herausgetreten waren und sich nun zu mächtigen Erscheinungen gemausert hatten.

Erscheinungen, welche auf rücksichtslose Art und Weise ihre Machtgelüste in perfider Manier auskosteten.

Und genau die sollten zur Rechenschaft gezogen werden.

Ein paar aufrechte, mutige Männer hatten sich zusammengefunden, um diesen abscheulichen Kreaturen den Garaus zu machen.

Es waren jedoch nicht nur einheimische Bösewichte, denen ihr Interesse galt, sondern auch einige Nichteinheimische, welche den Schutz der Anonymität auf dem flachen Land suchten, begleitet von der Hoffnung, dort nicht entdeckt zu werden.

Die besagten aufrechten, mutigen Männer, es waren sieben an der Zahl, trafen sich einmal im Monat an einem Dienstag im Gasthaus „Zur Eiche", mitten auf dem Marktplatz und schräg gegenüber vom Rathaus gelegen.

Der Dienstag wurde deshalb gewählt, weil das offiziell der wöchentliche Ruhetag war.

Heute war wieder Dienstag, und seit ihrem letzten Treffen war schon wieder ein Monat vergangen.

Sie hatten sich einem markanten Namen zugelegt:

„Bruderschaft der Gerechtigkeit".

Die Mitglieder hießen mit ihrem Decknamen:

Otto, die Sense
Otto, der Fiskus
Otto, das Kreuz
Karl, das Rasiermesser
Wilhelm, die Brezel
Fritz, die Blunze
Robert, das Benzin

Einer der drei Ottos – Otto, das Kreuz – wurde von den anderen Mitgliedern einstimmig zum Vorsitzenden gewählt.

Zu den sieben Aufrechten kam noch ein weiterer Mann dazu, der zwar in der Nachbargemeinde wohnte, aber im gegenüberliegenden Rathaus in seiner schmucken Uniform seinen Dienst versah.

Sein Dienstfahrzeug war ein Moped, mit dem er, nach Dienstschluss, auch nach Hause fuhr. Meistens jedoch erst, nachdem er seine täglichen Feierabendbiere in der „Eiche" konsumiert hatte.

Er wurde deshalb in den geheimen Kreis aufgenommen, weil er Zugang zu wichtigen Informationen hatte.

Sein Deckname war „Sepp, das Moped".

*****

„Ich begrüße die werten Mitglieder zu unserer all-
monatlichen Sitzung und bitte Fiskus-Otto um Verle-
sung der Tagesordnung."

Kreuz-Otto hatte mit der Kraft seiner gewaltigen
Stimme, mit welcher er auch sonntags aus erhöhter Po-
sition seinen Schäfchen die Leviten verlas, die Sitzung
eröffnet.

Fiskus-Otto bedankte sich bei Kreuz-Otto für die Erteilung des Wortes und begann von einem Blatt Papier
die Tagesordnung zu verlesen:

1. Feststellung der Vollzähligkeit.
2. Tätigkeitsbericht des rückliegenden Monats.
3. Besprechung zu den vorliegenden Erhebungen,
    durchgeführt von unserem außerordentlichen
    Mitglied Moped-Sepp.
4. Allfälliges.

Nachdem Fiskus-Otto am Ende seiner Verlesung angelangt war, schaute er erwartungsvoll in die Runde,
um eventuellen Widerspruch wahrnehmen zu können.

Als dies nicht der Fall war, fragte er jedoch vorsicht-
halber:

„Möchte vielleicht irgendjemand etwas dazu bemer-
ken oder einen zusätzlichen Punkt auf der Tagesord-
nung hinzufügen?"

Ein weiterer Blick in die Runde ergab, dass weder
das eine noch das andere der Fall war. Und so wendete

sich Fiskus-Otto unmittelbar dem Punkt 1 der Tagesordnung zu.

„Ich werde jetzt die Namen der Mitglieder aufrufen, und ich bitte durch Handzeichen die Anwesenheit zu bekunden."

Fiskus-Otto rief die Namen seiner sechs Mitbrüder auf, und alle – außer Benzin-Robert – bekundeten ihre Anwesenheit durch Handzeichen.

Benzin-Robert gehörte im 2. WK zum Afrikakorps der Panzertruppe Erwin Rommel, und als alter Soldat quittierte er den Aufruf von Fiskus-Otto mit einem lauten „HIER!"

Nicht, dass die anderen Mitglieder keinen Dienst fürs Vaterland an der Waffe geleistet hätten; aber ein Mitglied bei „Panzer-Erwin" gewesen zu sein, war eben doch noch einmal etwas anderes.

Überhaupt, diese Feststellung auf Vollzähligkeit – bezogen auf die doch recht überschaubare Anzahl der Anwesenden – war anfangs recht strittig.

Aber gegen alle Widerstände, hatte sich Fiskus-Otto durchzusetzen gewusst. Als Staatsbediensteter war es ihm ganz einfach ein Anliegen, dass eine gewisse Ordnung zu herrschen habe.

Er betrachtete seine Aufgabe als kleine Entschädigung für das Übergehen seiner Person bei der letzten Beförderung im Amt.

Als Schriftführer bei der Bruderschaft konnte er einmal im Monat ein gewisses Gefühl der Wichtigkeit auskosten, was ihm von Amts wegen verwehrt worden war.

Bei der Abstimmung, die im Übrigen geheim abgehalten wurde, bekam Fiskus-Otto vier JA-Stimmen, bei zwei Enthaltungen und einer NEIN-Stimme.

Obwohl die Abstimmung geheim war, wussten die anderen, von wem das NEIN kam. Es war zweifellos Sensen-Otto, ein notorischer NEIN-Sager.

Es gab Stimmen, die anregten, man solle Sensen-Otto doch aus der Bruderschaft ausschließen, was jedoch ein Unsinn war.

Erstens wusste er viel zu viel, und zweitens war er der Wirt der „Eiche", dem Ort der allmonatlichen konspirativen Zusammenkunft.

„Nachdem ich die Vollzähligkeit festgestellt habe, und wir somit beschlussfähig sind, kommen wir nun zu Punkt zwei der Tagesordnung.

Ich bitte nun Blunzen-Fritz um den Tätigkeitsbericht vom vergangenen Monat."

Blunzen-Fritz, ein Mann von einer stattlichen Statur, erhob sich von seinem Sitz und bedankte sich bei Fiskus-Otto für die Erteilung des Wortes.

„Liebe Mitbrüder", begann Blunzen-Fritz mit seinem Bericht, als die Tür aufgestoßen wurde, und eine junge, hübsche, blonde, blauäugige Frau den Raum betrat.

„So geht das nicht, Frau Marianne", wollte Kreuz-Otto in seiner unnachahmlichen Art lospoltern, als er von Sensen-Otto eingebremst wurde.

„Wollt ihr etwas trinken oder nicht?", fragte er Kreuz-Otto versöhnlich, denn die Eintretende war niemand anderes als die Ehefrau des Wirts, die ein Tablett mit Getränken vor sich hertrug.

Sensen-Otto, ein bekennender Agnostiker, mochte den Vorsitzenden zwar nicht, brachte ihm aber einen gebührenden Respekt entgegen.

„Aber deswegen erwarte ich trotzdem, dass deine Frau anklopft, bevor sie den Raum betritt", erwiderte Kreuz-Otto zähneknirschend.

Er war es nun einmal nicht gewöhnt, dass jemand seine Äußerungen hinterfragte.

„Sie hat es einmal vergessen, das ist doch nicht so schlimm, Otto", kam der zaghafte Versuch der Vermittlung von Brezel-Wilhelm.

Brezel-Wilhelm war ein Phlegmatiker. Vielleicht kam es daher, dass er – im Gegensatz zu den übrigen Mitbrüdern – in beiden Weltkriegen seinen Dienst am Vaterland geleistet hatte.

Er hatte beide unbeschadet überlebt, und er hatte miterleben müssen, wie links und rechts von ihm Kameraden ihr Leben lassen mussten.

Als er einmal gefragt wurde, worin für ihn der Unterschied zwischen WK I und WK II läge, hatte er geantwortet:

„Es gibt keinen. Beide waren sinnlos, und beim Sterben fragt man nicht, für wen oder für was man stirbt."

Umso bemerkenswerter war es, dass Brezel-Wilhelm – neben seiner stoischen Gelassenheit – eine unbeschreiblich große Portion Fröhlichkeit an den Tag legte.

Kreuz-Otto hätte noch gern etwas zu dem Vorfall gesagt, unterließ es aber, als er in das lächelnde Gesicht von Brezel-Wilhelm sah.

Obwohl Brezel-Wilhelm der gleichen Glaubensfraktion wie Kreuz-Otto angehörte, war er jedoch nie dem Ruf der Glocken gefolgt.

Noch nicht einmal an Weihnachten. Er entrichtete zwar brav seinen Obolus an die Mutter Kirche, nahm aber deren Dienste nicht in Anspruch.

Vermutlich hatte er sich nach dem 2. WK von dieser Institution abgewandt. Ihm war aufgefallen, dass sterbende Kameraden immer nur nach ihrer Mutter gerufen hatten; aber niemals nach Gott.

Das hatte ihn nachdenklich gemacht. Als er von Kreuz-Otto einmal in seiner Backstube besucht wurde, und dieser ihn nach dem Grund seines Fernbleibens kirchlichen Lebens fragte, bekam Kreuz-Otto die Antwort:

„Es ist sehr freundlich von dir, dass du mich hier besuchst, lieber Otto. Ich backe Brot und sorge damit für das leibliche Wohl der Menschen, und du sorgst für ihr seelisches Wohl. So hat jeder sein Tätigkeitsfeld. Und soll es in Hinkunft auch bleiben."

Kreuz-Otto verstand die klare Botschaft, und er akzeptierte sie auch. Er mochte diesen Mann und er schätzte ihn. Vielleicht sogar mehr, als manchen treuen Kirchgänger, dessen Bekenntnisse weniger aus dem Herzen, denn aus dessen Hirn entstammten.

„Ich darf dann jetzt weitermachen", sagte Blunzen-Fritz und lenkte damit die Aufmerksamkeit aller wieder auf seine Person.

Kreuz-Otto nickte zum Zeichen seiner Zustimmung und zündete sich eine Zigarre an.

Marianne verteilte die Getränke auf dem Tisch und verließ danach den Raum, dicht gefolgt von einem strafenden Blick durch Kreuz-Otto.
„Also, hier nun mein Bericht."

Blunzen-Fritz hatte sich auf seinen Auftritt wohl vorbereitet. Er war einer von zwei konkurrierenden Fleischhauern im Ort.

Genaugenommen waren sie keine echten Konkurrenten. Blunzen-Otto war für das „Unterdorf" zuständig und sein Kollege für das „Oberdorf".

Die Grenze zwischen beiden Ortsteilen – die Bezeichnungen waren keinesfalls von amtlicher Natur – verlief ziemlich genau beim Marktplatz.

Es lag am geografischen Charakter des Dorfes. Das „Oberdorf" lag etwa 10 bis 20 Meter ansteigend höher als das „Unterdorf".

Blunzen-Fritz war eine rechte Frohnatur. In seiner Begleitung befand sich ein furchteinflößender Rottweiler, um welchen die Kinder des Dorfes stets einen großen Bogen machten.

Da halfen auch die Beteuerungen von Blunzen-Fritz nicht, dass Hasso – so hieß das Vieh – nicht bösartig sei. Allein sein Name verhieß nichts Gutes.

Hätte er Friedhelm oder Gottfried geheißen, vielleicht wäre es dann anders gewesen. Aber, wer weiß das schon.

Die Ehefrau von Blunzen-Fritz war die perfekte Ergänzung zu ihm. Wenn sie im Laden unter der Woche 100 Gramm Aufschnitt mit der Schneidemaschine herrichtete – für den Sonntag auch schon einmal mit zwei Blatt gekochtem Schinken – dann glänzten ihre roten Wangen freudig.

Und wenn sie dann einem Kind, das die Mutter beim Einkauf begleitete, eine Scheibe Lyoner zum sofortigen Verzehr überreichte, dann glühten auch die Wangen des Kindes.

Blunzen-Fritz war auch zuständig für die Lieferung von Würsten für die örtlichen Festivitäten, wie die Veranstaltungen von Gesangverein und Feuerwehr.

Sein Kollege vom „Oberdorf" neidete ihm das nicht, besaß er doch – neben seinem Verkaufsladen – noch eine Gaststätte nebenan.

Doch nun wieder zurück zu dem Tätigkeitsbericht.

„Liebe Mitbrüder, für den vergangenen Monat kann ich leider keine Erfolgsmeldung vermelden."

Fiskus-Otto zuckte zusammen, als er diese Formulierung von Blunzen-Otto hörte. Fiskus-Otto war der Einzige, der das Gymnasium besucht hatte, und somit über einen gewissen Intellekt verfügte.

Er liebte die deutsche Sprache und er las sehr viel. Und wenn er dann diese Sprachverirrungen eines Mannes von schlichtem Gemüte, zu denen Blunzen-Fritz ohne Zweifel gehörte, ertragen musste, dann litt Fiskus-Otto.

Er hatte Blunzen-Fritz vor einiger Zeit angetragen, dessen Berichte vor dem Vortragen sprachlich und grammatikalisch kurz zu überfliegen, um allfällige

Korrekturen vornehmen zu können, war jedoch auf heftigen Widerstand gestoßen.

Es dauerte Wochen, bis Blunzen-Fritz mit Fiskus-Otto wieder im Reinen war. Eine Flasche „Asbach-Uralt" hatte dabei wertvolle Dienste geleistet.

Ein Raunen ging durch die Anwesenden, nachdem Blunzen-Fritz diese niederschmetternde Botschaft verkündet hatte.

„*Das verstehe ich nicht*", meldete sich Benzin-Robert als Erster zu Wort. „*Wir hatten doch einen Kandidaten.*"

Blunzen-Fritz kratzte sich verlegen an seinem Kopf. Es war bisher noch nie vorgekommen, dass er eine solch deprimierende Botschaft verlautbaren musste.

„*Ich weiß*", begann Blunzen-Fritz seinen Erklärungsversuch, denn um einen solchen handelte sich augenscheinlich, „*es ist etwas dazwischengekommen.*"

„*Geht das auch etwas genauer?*"

Es war Rasiermesser-Karl, der nun seine Anwesenheit lautstark zu Gehör brachte.

Klein an Wuchs verfügte er erstaunlicherweise über ein bemerkenswertes Organ. Vielleicht lag es auch daran, dass er, zusammen mit Brezel-Wilhelm, Mitglied beim Männergesangverein war.

Und obwohl man es nicht vermuten hätten sollen, stand er ganz außen im Chor, dort wo die Bässe zuhause sind.

Rasiermesser-Karl war „Informatiker" der Bruderschaft und Vollstrecker in Personalunion.

Klatsch und Tratsch sind nun einmal die Würze im Friseurberuf, und zwischen Kaffee und „Frau im Spiegel"[1] lässt es sich herrlich plaudern.

Rasiermesser-Karl war für die Herren der Schöpfung zuständig, und seine Gattin – rein vom körperlichen Format gesehen, ihm nicht ebenbürtig – verwöhnte die weibliche Klientel.

Das hinderte ihn jedoch nicht daran, zwischen den beiden Welten hin- und herzuschweben und wohlgefällige Komplimente an übergewichtige Damen zu verteilen.

So wurde er immer wieder einmal Zeuge von interessanten Neuigkeiten, welche über die lieben Mitbürger in Umlauf gebracht wurden.

„Also, was ist jetzt?", setzte Rasiermesser-Karl ungeduldig nach, *„könntest du jetzt endlich einmal Licht ins Dunkel bringen, und uns sagen, was dazwischengekommen ist?"*

---

[1] Stellvertretend für alle Exponate der Regenbogenpresse

„*Das ist nicht so einfach*", wand sich Blunzen-Fritz gequält, „*es hat einfach nicht geklappt.*"

„*Himmel, Herrgott, Fritz! Würdest du die Güte haben und uns einfach nur sagen, was passiert ist bzw. was nicht passiert ist?*"

Es war „his Masters voice", Kreuz-Otto, der sich vehement eingeschaltet hatte.

Nun ruhten alle Augen auf Blunzen-Fritz, der gerade begann heftig zu transpirieren.

„*Drängt ihn doch nicht so. Er wird es uns schon sagen; nicht wahr Fritz?*"

Brezel-Wilhelm sorgte mit seiner ruhigen Art und seiner sonoren Stimme dafür, dass sich die Wogen augenblicklich glätteten.

Blunzen-Fritz schickte einen dankbaren Blick zu Brezel-Wilhelm, welchen dieser mit einem leichten Kopfnicken entgegennahm.

„*Der Kandidat hat sich rechtzeitig aus dem Staub gemacht.*"

Jetzt war die Katze aus dem Sack, und Blunzen-Fritz war sichtlich erleichtert darüber.

Die Bezeichnung „Kandidat" war die Verschlüsselung für eine „Persona non grata", also für einen Menschen, den die Brüderschaft so gar nicht mochte.

Es ging um Menschen, die sowohl sittlich als auch moralisch untragbar waren, die ein ungesühntes Verbrechen begangen hatten oder ganz einfach nicht in die dörfliche Gemeinschaft passten.

Ein solcher war ein gewisser Lieutenant Marcel Fumier, der Kandidat, um den es gerade ging. Er hatte Adelheid Schwarzbrot, die Tochter des Bürgermeisters geschwängert und ihr die Ehe verweigert.

Als Offizier und Mitglied der französischen Armee, welche in kleinen Gruppen noch im befreiten Land ansässig war, konnte man ihn nur schwerlich dazu zwingen, die Ehe mit einer befreiten Schwangeren einzugehen.

Die Vorstöße von Politik und Kirche - in Form von Bürgermeister und geistlichem Rat – beim Kommandanten der Franzosen verliefen alle ins Leere.

„*Und was heißt das jetzt genau?*", insistierte Rasiermesser-Karl weiter.

„*Er ist nicht mehr da*", antwortete Blunzen-Fritz kleinlaut.

„*Wie, nicht mehr da?*", wollte nun auch Benzin-Robert etwas genauer wissen.

„*Er ist nicht mehr im Land*", erwiderte Blunzen-Fritz.

Jetzt fühlte sich Kreuz-Otto in seiner Eigenschaft als Vorsitzender gefordert. Er erhob sich von seinem Stuhl, richtete sich in voller Größe auf und sagte:

„Das geht so nicht, liebe Mitbrüder. Von einem Verantwortlichen für den Tätigkeitsbericht erwarte ich klare Ansagen und kein Herumgestottere.“

Als Blunzen-Fritz das vernahm, verfiel er augenblicklich. Er fühlte, wie sich die Blicke seiner Mitbrüder auf ihm bündelten, und das schmerzte ihm in der Seele.

„Ich schlage deshalb vor, Fritz von seinem Amt zu entheben und einen neuen Mann zu wählen. Ich bitte um Vorschläge.“

Kreuz-Otto blickte erwartungsvoll in die Runde und wartete auf Wortmeldungen; aber es kamen keine.

Nach einer gefühlten Ewigkeit ergriff Brezel-Wilhelm das Wort. Er war der Einzige in der Runde, der den Mut hatte, Kreuz-Otto die Stirn zu bieten.

„Ich sehe überhaupt keine Veranlassung, unserem Mitbruder Fritz sein Amt zu entziehen. Ich bin der Meinung, dass er bisher seiner Aufgabe immer gerecht geworden ist.

Und die Sache mit dem Franzmann[2] stellt nun einmal eine außergewöhnliche Situation dar.

---

[2] Despektierliche Bezeichnung für ein Mitglied des

Daher plädiere ich dafür, dass Fritz sein Amt behält, und ich bitte um Handzeichen, wer meiner Meinung ist. "

Alle Anwesenden, außer Kreuz-Otto, hoben ihre Hand zum Zeichen der Zustimmung. Selbst Blunzen-Fritz riss spontan seine Hand in die Höhe.

Das Gesicht von Kreuz-Otto verfärbte sich augenblicklich. Hatte er schon von Haus aus – bedingt durch Übergewicht und Bluthochdruck - eine eher rötliche Gesichtsfarbe, so verwandelte sich diese gerade in ein üppiges dunkelrot.

Er setzte sich nieder und versuchte seine aus dem Takt gekommene Atmung wieder in geordnete Bahnen zu lenken.

Ein heftiger Kampf setzte ein, ob und wie er mit diesem Affront umzugehen habe, denn um einen solchen handelte es sich ja wohl.

„Dann wäre das ja geklärt", sagte Brezel-Wilhelm, wobei er ein aufkommen wollendes Lächeln nur mühsam unterdrücken konnte.

„Was meinst du, Otto?", wandte sich Brezel-Wilhelm an Kreuz-Otto. *„Können wir in dieser Sache noch irgendetwas tun? Hast du vielleicht eine gute Idee? "*

Französischen Volkes

Kreuz-Otto nahm den Ball dankbar an, der ihm gerade von Brezel-Wilhelm zugeworfen worden war.

Hatte er sich gerade noch darüber ereifert, dass ihm Brezel-Wilhelm in die Parade gefahren war, so fühlte er im Geheimen Bewunderung für den Mann, der um einiges älter war als er selbst.

„Nun", begann er bedeutungsvoll zu referieren, *„die vorgesehene Tracht Prügel für den Franzmann können wir leider nicht mehr durchführen, weil der Schweinehund sich abgesetzt hat.*

Und gegen das Militär können wir schlecht etwas unternehmen, denn schließlich haben wir ja den Krieg verloren. Oder?"

Kreuz-Otto hatte diese Worte mit einem Lächeln begleitet, und dieses wurde von der Runde dankbar übernommen, vermochte es doch die Spannung, die noch vor wenigen Minuten unerträglich schien, mit einem Schlag zu lösen.

„Was können wir denn sonst machen?", fragte Sensen-Otto, der sich bislang eher zurückgehalten hatte.

Sein Interesse lag wahrscheinlich darin begründet, dass der zu erwartende Erdenbürger durchaus die Frucht seiner Lenden hätte sein können.

Es war ein offenes Geheimnis, dass Sensen-Otto der Dorf-Casanova war, was nicht zuletzt seinem guten Aussehen zu verdanken war.

Hätte Hollywood nicht schon längst einen Clark Gable gehabt, Sensen-Otto wäre der perfekte Ersatz für ihn gewesen.

„Ich weiß es nicht, Otto", antwortete Kreuz-Otto seinem Namensvetter, *„wir könnten sammeln und vielleicht einen Kinderwagen für die liebe Adelheid kaufen."*

„Das ist eine ganz wunderbare Idee von dir", jauchzte Blunzen-Fritz, um seine tiefe Bewunderung und Verbundenheit für Kreuz-Otto zu bekunden.

„Wollen wir vielleicht darüber abstimmen?", fragte Kreuz-Otto fürsorglich und Brezel-Wilhelm wehrte ab mit den Worten:

„Das ist überhaupt nicht nötig, Otto. Die Idee ist sehr gut und ich bin sicher, dass alle dafür sind."

Ein allgemeines, wohlwollendes Murmeln war der Beweis der Zustimmung, und Kreuz-Otto empfand seine Reputation als wieder vollkommen hergestellt.

„Kommen wir nun zu Punkt drei der Tagesordnung."

Mit diesen Worten nahm Kreuz-Otto seine Tätigkeit als Vorsitzender wieder auf.

„Aber zuvor möchte ich Blunzen-Fritz für seine Ausführungen danken."

Applaus brandete auf als Zeichen der Zustimmung und der Dankbarkeit, und Blunzen-Fritz fühlte einen kalten Schauer, der über seinen Rücken rann.

„Von unserem außerordentlichen Mitglied Sepp liegen Erhebungen für einen neuen Kandidaten vor.

Es geht um einen Zugereisten.[3] Er heißt Sieghard Momsen und ist Lehrer."

„Ist das die Berliner Schnauze?"[4], kam spontan der Zwischenruf von Rasiermesser-Karl.

Kreuz-Otto nickte und fuhr fort:

„Besagter Herr unterrichtet an der Berufsschule in der Kreisstadt und neigt zu körperlicher Züchtigung."
„Drecksau!"

Diese spontane, wenn auch etwas derbe Prädikatsbezeichnung kam von Sensen-Otto, dessen Sohn einer der leidenden Schüler unter dem Kandidaten war.

„Was hat Sepp über diesen Kerl herausgefunden?"

Sensen-Otto war neben seiner Tätigkeit als Gastronom - das Wort hatte er irgendwann einmal gelesen und Gefallen daran gefunden – auch Betreiber einer kleinen Landwirtschaft.

---

[3] Kein eingeborener Dorfbewohner
[4] Despektierliche Bezeichnung für einen Berliner

Einiges Ackerland, auf welchem er Getreide und Rüben anbaute und ein paar Schweine im Stall nahmen ihn die meiste Zeit über in Beschlag.

Das Gasthaus als solches fiel daher völlig in den Aufgabenbereich von seiner schönen Frau Marianne.

Und wenn Sensen-Otto am Abend von seiner Feldarbeit nach Hause kam, dann kümmerte er sich um den Stammtisch, um dort über sein arbeitsreiches Leben zu lamentieren und über die Regierung zu schimpfen.

Oskar, der sechzehnjährige Sohn von Sensen-Otto und Marianne war mit einem aufmüpfigen Charakter gesegnet.

Die Vermutung lag nahe, dass er diesen von seiner Großmutter mütterlicherseits geerbt hatte. Diese Frau hatte so viele Haare auf ihren Zähnen, dass man locker einen Zopf davon hätte flechten können.

Es war daher nicht von ungefähr, dass Oskar der Liebling seiner Großmutter war. Von ihr hatte er wohl auch den Floh ins Ohr gepflanzt bekommen, sich dem Wunsch des Vaters nicht zu beugen, was die Fortsetzung seines Lebenswerkes anging.

Gastronomie, respektive Vieh- und Landwirtschaft war so überhaupt nicht das Ding von Oskar. Sein Interessensgebiet lag mehr bei schnellen Autos und deren Inhalt.

Oskar begann eine Lehre als Kfz-Mechaniker bei Benzin-Robert, genauer gesagt in dessen Werkstatt.

Das bedingte allerdings auch den Besuch der Berufsschule in der Kreisstadt und hatte das Aufeinandertreffen mit Sieghard Momsen zur Folge.

Das lose Mundwerk des jungen Wilden war dem Siegi aus Berlin ein rechter Dorn im Auge. Und irgendwann führte es dazu, dass dem Herrn Lehrer die Hand ausrutschte und Oskar sich eine gewaltige Ohrfeige einfing.

Marianne hatte damals viel Überredungskunst gebraucht, um Sensen-Otto vor einer Dummheit zu bewahren.

Sein Bestreben, die Angelegenheit – Mann gegen Mann – auszutragen, hätte unabsehbare Folgen gehabt.

Sensen-Otto ließ sich nur davon abbringen, weil er die Bruderschaft in seinem Rücken wusste, welche die nötigen Maßnahmen schon ergreifen würde.

„Leider nicht sehr viel", antwortete Kreuz-Otto auf die Frage von Sensen-Otto.

„Da kann ich vielleicht weiterhelfen", meldete sich nun Fiskus-Otto, worauf Kreuz-Otto erstaunt fragte:

„Wie das denn?"

„*Ich kann ganz gut mit dem Landgerichtspräsiden-
ten, Dr. Kiesel in der Kreisstadt.*"

Ein allfälliges Raunen erfüllte den kleinen Neben-
raum der Gaststätte. Fiskus-Otto badete sich in den be-
wundernden Blicken seiner Mitbrüder und fuhr fort:

„*Der Kerl ist in Berlin schon ausfällig geworden,
und er hatte dort schon einige Disziplinarverfahren an
der Backe.*"

„*Und deswegen hat man ihn zu uns geschickt?*",
fragte Rasiermesser-Karl entrüstet.

„*Ist wohl eine Art Strafversetzung*", antwortete Fiskus-Otto, „*und wie es aussieht, hat er das Beste daraus
gemacht.*"

„*Wie meinst du das?*", fragte Blunzen-Fritz, und
Fiskus-Otto antwortete:

„*Der feine Herr ist inzwischen Vorsitzender des Ruderklubs, und er trifft sich regelmäßig mit anderen Honoratioren zum Stammtisch.*"

„*Was sind das für Leute, diese Honoratioren oder
wie die heißen?*", fragte Blunzen-Fritz.

„*Honoratioren ist ein anderes Wort für „feine Pin-
kel*",* erweiterte Fiskus-Otto den geistigen Horizont
von Blunzen-Fritz.

„Warum sagst du nicht gleich <feine Pinkel> und nicht dieses blöde Wort, das keiner kennt", sagte Blunzen-Fritz gereizt und eröffnete damit die Auferstehung ihrer alten Rivalität.

Bevor Fiskus-Otto den Fehde-Handschuh aufnehmen konnte, stellte Sensen-Otto eine ihm wichtige Frage:

„Und wo bitteschön findet dieser Stammtisch statt? Bei mir ganz sicher nicht; das wüsste ich nämlich."

„In der Kreisstadt", antwortete Fiskus-Otto.

„So eine Drecksau!"

Sensen-Otto bemühte ein zweites Mal dieses kräftige Schimpfwort, um sein erhitztes Gemüt damit auszulüften.

„Wer sind eigentlich die anderen Honoratioren, ich meine natürlich <feinen Pinkel>?", fragte Rasiermesser-Karl, dem der Ausdruck „Honoratioren" durchaus ein Begriff war.

Ein jahrzehntelanges Studium „Frau im Spiegel" vermochte eine höhere Schulbildung durchaus zu ersetzen.

Fiskus-Otto zierte sich zunächst mit einer Antwort, war doch auch an ihn die Einladung ergangen, sich dem Stammtisch anzuschließen, was er aber damals vehement abgelehnt hatte.

„*Nun, das sind unser Bürgermeister, der Bezirksschornsteinfegermeister Hartmann und Herr Waldherr, der Inhaber des Textilgeschäfts, unweit von hier.*"

„*Waaas?*"

Das nackte Entsetzen lag in diesem Aufschrei. Es kam von Rasiermesser-Karl.

„*Das sind ja alles unsere Leute.*"

„*Nicht ganz*", widersprach Fiskus-Otto, „*außer unserem Bürgermeister sind alle anderen Zugereiste.*"

„*Das ist ja ungeheuerlich*", ereiferte sich Sensen-Otto, „*und dass der Bürgermeister da auch mitmacht, das hätte ich nicht erwartet. Vaterlandsverräter.*"

„*Jetzt mach aber einmal halblang, Otto*", versuchte Benzin-Robert zu beschwichtigen, was jedoch total nach hinten losging.

„*Hast du Angst, diese Schnösel lassen ihre Autos nicht mehr bei dir reparieren oder kaufen ihren Sprit woanders?*", polterte Sensen-Otto drauflos.

„*Meine Herren! Bitte!*"

Kreuz-Otto, in seiner Eigenschaft als Vorsitzender, versuchte die Wogen wieder zu glätten. Er bewegte sich dabei auf sehr dünnem Eis, war er ja selber aus dem Schwarzwald hierher versetz worden.

„Wenden wir uns doch bitte wieder dem eigentlichen Zweck unserer Zusammenkunft zu."

Als das nicht die gewünschte Wirkung zeigte, sagte Kreuz-Otto zu seinem Namensvetter:

„Bitte doch deine liebe Frau, sie möge uns eine Runde Schnaps bringen. Die geht dann auf mich."

Es ist unergründlich, warum ein solches Argument mehr Überzeugungskraft besitzt als das gesprochene Wort. Aber es zeigte sich einmal mehr, dass es funktionierte.

Marianne brachte die gewünschte Bestellung, und als die Gläser geleert waren, schloss sich Fiskus-Otto an, indem er eine weitere Runde orderte.

Er musste dabei an die Tatsache denken, dass der allzeit geschätzte Bürgermeister das Licht der Welt ganz woanders erblickt hatte, und dass er, so gesehen, keineswegs ein Einheimischer war.

Aber die vielen Jahre seiner Anwesenheit und seiner guten Arbeit hatte das wohl in den Köpfen der echten Einheimischen verdrängt.

„Ich darf dann wieder einmal an eure Aufmerksamkeit appellieren."

Mit diesen Worten führte Kreuz-Otto seine Mitbrüder zur Tagesordnung zurück.

„Gibt es Vorschläge, wie wir mit dem Kandidaten umgehen sollen?"

Kreuz-Otto blickte erwartungsvoll in die Runde.

Als Erster meldete sich Sensen-Otto zu Wort, was nicht wirklich verwunderlich war, denn seine Wut gegen den Kandidaten war von ungeheurem Ausmaß.

„Sein Auto anzünden und eine ordentliche Tracht Prügel."

„Das ist doch Blödsinn, Otto", widersprach Benzin-Robert augenblicklich, für den ein Auto etwas Schönes, ja schon fast Anbetungswürdiges darstellte.

„Du hast wohl Angst einen Kunden zu verlieren", konterte Sensen-Otto giftig.

„Geht das schon wieder los", brummte Fiskus-Otto leise vor sich hin.

„So kommen wir doch nicht weiter, Männer", mahnte der Vorsitzende und bat um mehr Sachlichkeit.

Und dann meldete sich Blunzen-Fritz zu Wort, mit einem revolutionären Vorschlag:

„Wir sorgen dafür, dass er seinen Führerschein verliert."

Allgemeines Erstaunen erfasste die Gruppe.

„Und kannst du uns auch sagen, wie das gehen soll?"

Rasiermesser-Karl war der Erste, der sich dem Gedanken vorsichtig näherte.

„Wir müssen nur dafür sorgen, dass er betrunken Auto fährt."

„Das weiß ich auch, du Schlaumeier", entgegnete Rasiermesser-Karl, *„aber das beantwortet meine Frage nicht."*

„Und wann und wo soll das stattfinden?", schloss sich nun Brezel-Wilhelm den beiden Diskutanten an.

„Bei der Ruderregatta, die demnächst stattfinden wird", antwortete Blunzen-Fritz.
„Aha..."

Damit kam die Diskussion zunächst einmal zum Stillstand. Aufsteigender Rauch über den Köpfen der Anwesenden kündete von intensivem Nachdenken ob dieser Idee.

„Ich finde die Idee gar nicht einmal so schlecht", fachte Fiskus-Otto die Diskussion erneut an. *„Die Art der Durchführung scheint mir jedoch das eigentliche Problem zu sein."*

„Das finde ich nicht", erwiderte Blunzen-Fritz mit einem süffisanten Lächeln in seinem runden Gesicht.

„Soll das heißen, du hast schon eine Idee?", fragte Sensen-Otto hoffnungsvoll.

Blunzen-Fritz schaute jeden seiner Mitbrüder an, immer noch mit seinem süffisanten Lächeln im Gesicht.

„Habe ich", sagte er, und sein Lächeln nahm noch mehr zu.

„Aber da müssen mehrere Personen mitspielen, sonst wird das nichts", fügte Blunzen-Fritz hinzu und ließ seinen Blick dabei von Bruder zu Bruder weiterwandern.

„Wir sind alle dabei", sagte Sensen-Otto euphorisch, *„das ist doch wohl klar, oder?"*

Nun war er es, der seinen Blick von Bruder zu Bruder wandern ließ. Ein kollektives Kopfnicken bejahte seine Anfrage.

„Jetzt sag schon, wie du das anstellen willst", drängte Rasiermesser-Karl, und dann unterbreitete Blunzen-Fritz seinen aberwitzigen Plan, wie man die „Berliner Schnauze" bestrafen könnte.

„Dein Schwager ist doch der Amtsarzt", wandte sich Blunzen-Fritz an Fiskus-Otto, was dieser auch bejahte.

„Der ist nämlich der wichtigste Teil dabei", fuhr Blunzen-Fritz fort.

„*Wieso*", wollte Fiskus-Otto wissen, wurde aber mit der Antwort auf später vertröstet.

„*Ein weiterer wichtiger Teil ist unser Sepp. Den brauchen wir unbedingt dazu.*"

„*Muss das sein?*", fragte Sensen-Otto, der zwar sein Bier gern an Moped-Sepp verkaufte, und das in beträchtlichen Mengen, aber sonst nicht sehr viel von dem Mann hielt.

„*Ohne ihn geht es nicht*", antwortete Blunzen-Fritz, und wischte damit die Bedenken von Sensen-Otto vom Tisch.

Es folgte eine Phase der inneren Einkehr, um die Gedanken zu ordnen, gestützt von mehreren Schlucken aus Wein- und Biergläsern.

„*Wie genau soll das ablaufen?*"

Mit diesen Worten beendete Kreuz-Otto die Kontemplation.

„*Ich habe mir das so vorgestellt*", begann Blunzen-Fritz mit der Unterbreitung seines Plans, dessen Umsetzung nur wenige Wochen später stattfand.

*****

195

Herrlicher Sonnenschein hatte die Bevölkerung zur alljährlichen Ruderregatta eingeladen, und mehrere befreundete Ruderklubs hatten ihre Teilnahme zugesagt.

Die Wiesen entlang des Flusses waren von Blechlawinen überdeckt und im großen Festzelt herrschte eine schwüle, drückende Hitze. Es war das perfekte Bierwetter.

Einer stach aus der Menge der Besucher und Sportler besonders heraus: Weiße, lange Hose mit messerscharfer Bügelfalte, dunkelblauer Blazer mit einem stilisierten Anker auf der Brusttasche, und schwarze Prinz-Heinrich-Mütze.

Es war kein Geringerer als der Präsident des Ruder- und Kanuvereins, Sieghard Momsen. Sein outriertes[5] Auftreten wurde von einer unangenehm lauten Stimme begleitet, die ein wenig an den Befehlston eines ehemaligen Wehrmachtoffiziers erinnerte.

Fast die gesamte „Bruderschaft der Gerechtigkeit" war ebenfalls zugegen. Blunzen-Fritz und Brezel-Wilhelm, schon allein berufsbedingt. Sie lieferten Würstchen und Brötchen. Und Benzin-Robert musste in seiner Eigenschaft als Kommandant der „Freiwilligen Feuerwehr" zugegen sein.

Rasiermesser-Karl und Brezel-Wilhelm nahmen zudem als Mitglieder des Männergesangvereins an dem

---

[5] Aus dem Französischen outrer = aufbauschen, aufplustern

Fest teil, weil dieser mit seinem erhebenden Gesang seinen willkommenen Beitrag leistete.

Lediglich Fiskus-Otto war rein als Zuschauer unterwegs. Er saß am Tisch der Honoratioren, jedoch nicht aus freien Stücken, denn ihm kam eine wichtige Aufgabe zu.

Er sollte den Kandidaten zum vermehrten Alkoholkonsum verleiten. Eine Aufgabe, die Fiskus-Otto nicht so richtig mochte, die aber von immenser Wichtigkeit war.

Der Einzige, der fehlte, war Sensen-Otto. Da sein Gasthaus geöffnet war, und weil mit erhöhtem Andrang zu rechnen war, musste er hinter der Theke stehen.

In Anbetracht seines Hasspotenzials schien dies äußerst sinnvoll zu sein. Wer weiß, wie der sich dem Kandidaten gegenüber verhalten hätte, wäre er dessen im Verlauf des Festes habhaft geworden.

Einige Biere, dem Durst der großen Hitze geschuldet, in Verbindung mit seinem überschäumenden Temperament, hätten durchaus Zündstoff für eine gewaltige Explosion bilden können.

Als die offiziellen Wettbewerbe und die damit verbundenen Siegerehrungen abgeschlossen waren, fand man endlich Gelegenheit für mehr Geselligkeit.

Am Tisch der Honoratioren befanden sich – neben den üblich Verdächtigen – auch noch der Herr Landrat, der geistliche Rat der Katholen und Kreuz-Otto in seiner Eigenschaft als Hirte der Evangelen.

Ein munteres Schwadronieren zum Klang der Bierkrüge, die immer wieder zum Anstoßen erhoben wurden, gemischt mit den flotten Weisen der Feuerwehrkapelle, ließen den „gute Laune-Pegel" rapid ansteigen.

Die brütende Hitze und der Alkohol vollbrachten ihr zerstörerisches Werk und so mancher Besucher entleerte hinter dem Festzelt seinen Mageninhalt.

Als die Nacht hereinbrach, wurde auf der Burg über dem Fluss ein Brillantfeuerwerk gezündet, das allergrößte Begeisterung bei der Bevölkerung hervorrief.

Es war um die mitternächtliche Stunde, als sich der Honoratioren-Tisch allmählich zu lichten begann.

Voran der Herr Landrat, dann die hohe Geistlichkeit und ziemlich am Ende auch der Kandidat.

Jetzt kam der Auftritt von Fiskus-Otto.

„*Verehrter Freund*", begann Fiskus-Otto, „*ich hätte eine große Bitte an Sie.*"

„*Siegi für dich, mein Lieber*", erwiderte der Kandidat, „*du vergisst, dass wir Brüderschaft getrunken haben.*"

Fiskus-Otto erinnerte sich sehr wohl daran, wenn auch nur sehr ungern.

„*Was möchtest du denn, Otto?*", fragte der Kandidat.

„*Wie du weißt, wohne ich ja ganz am anderen Ende des Dorfes*", begann Fiskus-Otto seine Bitte vorzutragen, „*und da meine Gattin schon vor Stunden das Fest verlassen hat, weiß ich nicht, wie ich jetzt nach Hause kommen soll.*"

„*Das ist doch überhaupt kein Problem, Otto*", sagte der Kandidat mit einem breiten Grinsen, „*ich werde dich selbstverständlich nach Hause fahren. Schließlich sind wir doch Kameraden.*"

Schon allein das Wort „Kameraden" zeugte von der militärischen Vergangenheit des Kandidaten und widerstrebte Otto über den Maßen.

Er hatte selbst den Krieg als Soldat mitgemacht, aber es käme ihm nie in den Sinn einen anderen Menschen als „Kameraden" zu bezeichnen.

Und dennoch fühlte sich Otto gerade etwas unwohl. Die Selbstverständlichkeit, mit welcher – der ihm an und für sich fremde Mann – seine Hilfe anbot, legte sich quer auf Ottos Gemüt.

„*Dann lass uns fahren*", sagte der Kandidat und strebte mit leicht unsicherem Schritt seinem Auto zu.

Sie waren nur wenige Minuten gefahren, als sie von einer Polizeistreife angehalten wurden.

„*Guten Abend, Fahrzeugkontrolle. Die Papiere und Führerschein bitte!*"

Das Gesicht des Polizeibeamten, das zum Fenster auf der Fahrerseite hereinblickte, gehörte Moped-Sepp.

Polizeiobermeister Ziegler, wie Sepp mit vollständigem Namen hieß, studierte akribisch die Papiere und wandte sich dann dem Kandidaten mit der alles vernichtenden Frage zu:

„*Haben Sie Alkohol getrunken?*"

„*Ist der Papst katholisch?*", erwiderte der Kandidat lachend und fügte dann noch hinzu:

„*Wissen Sie überhaupt, wer ich bin?*"

Das hätte der Kandidat nicht tun sollen, denn jetzt lief Moped-Sepp zur Hochform auf.

„*Sie sind ein betrunkener Autofahrer, der glaubt, er wäre besonders lustig.*"

Das wiederum reizte den Kandidaten zu einer provokanten Bemerkung:

„*Haben Sie gedient, guter Mann? Ich habe gedient. Ich bin Major der Reserve Sieghard Momsen, und ich erwarte mir etwas mehr Respekt, Sie grüner Zwerg.*"

Damit sprach der Kandidat offenkundig auf die zugegebenermaßen geringe Körpergröße von Moped-Sepp an.

„Das kommt Ihnen teuer zu stehen", bewegte sich nun Moped-Sepp in einer grammatikalischen Grauzone, *„das ist Beamtenbeleidigung, und Ihr Mitfahrer wird das bestätigen."*

„Sie können mich kreuzweise, Sie Pappkamerad", schaufelte sich nun der Kandidat sein eigenes Grab, und Moped-Sepp war schon knapp davor, nach seiner Dienstwaffe zu greifen.

Der zweite Polizeibeamte, ein Mann namens Hüttler, setzte unmittelbar mit einer Deeskalationsmaßnahme ein, indem er Moped-Sepp zur Seite schob und den Kandidaten aufforderte, er möge sofort aus dem Fahrzeug steigen.

Besagter Kollege war - im Gegensatz zu Moped-Sepp – von hünenhafter Gestalt und im Besitz einer kräftigen Stimme.

Das genügte, um den Kandidaten etwas gefügiger zu machen. Er stieg aus und seine Gegenwehr, als er zu einem Alkoholtest aufgefordert wurde, hielt sich doch sehr in Grenzen.

„Sie liegen deutlich über dem erlaubten Maß des Alkoholgehaltes in Ihrem Blut und wir werden Sie daher jetzt zum Amtsarzt bringen, um eine Blutentnahme vornehmen zu lassen."

Die Klarheit der Ansage durch den Polizeibeamten brach den Restwiderstand des Kandidaten, und er ließ sich willig zum Polizeifahrzeug führen.

Moped-Sepp fuhr das Fahrzeug des Kandidaten ganz an die Seite der Straße und flüsterte Fiskus-Otto leise zu:

„Es hat funktioniert. Jetzt haben wir den Hund."

Und mit laut vernehmbarer Stimme fügte er hinzu:

„Und Sie kommen mit auf die Wache, um das Protokoll zu unterschreiben."

Fiskus-Otto konnte die Freude von Moped-Sepp nicht teilen. Irgendwie war das Ganze eine recht seltsame Angelegenheit.

Der Rest war dann nur noch ein Kinderspiel.

Der Amtsarzt, ein gewisser Herr Dr. Schreiner und seines Zeichens der Schwager von Fiskus-Otto hatte schon auf die kleine Gruppe gewartet.

Er entnahm dem Sünder Blut und trug das Ergebnis in die Akten ein. Dabei musste ihm ein kleiner Fehler unterlaufen sein, denn der Wert lag etwas höher als das tatsächliche Ergebnis.

Es war jedoch gerade so viel, dass damit der Führerscheinentzug für den Kandidaten gewährleistet war.

Hinzu kam noch der Tatbestand der Beamtenbeleidigung, bestätigt durch die Aussage des Zeugen Otto Erlensee, dem Beifahrer in jener verhängnisvollen Nacht.

Eine damit einhergehende, saftige Geldstrafe rundete den gelungenen Coup der Bruderschaft zu derer vollsten Zufriedenheit ab.

*****

Als die Brüder einen halben Monat später zu einer außerordentlichen Sitzung wieder zusammenkamen, hatte sich seither einiges ereignet.

In der regionalen Tageszeitung war – am übernächsten Tag nach der Ruderregatta – ein Artikel erschienen, der einigen Personen doch recht an die Nieren ging.

Darin war die Rede von einem Herrn M., der in betrunkenem Zustand Auto gefahren war und einen Polizeibeamten auf die übelste Weise beschimpft hatte.

Und obwohl der Name nicht vollständig erwähnt worden war und obwohl kein Bild zu sehen war, wusste doch jeder, wer damit gemeint war.

Dafür hatte der Dorftratsch schon in ausreichendem Maße gesorgt.

Und schon kurz darauf erschien ein weiterer Artikel, dieses Mal mit Bild, in welchem stand, dass der beliebte Lehrer und Präsident des Ruder- und Kanuvereins, Sieghard Momsen, aus gesundheitlichen Gründen vorzeitig in den Ruhestand versetzt wurde und wieder zurück nach Berlin, in seine alte Heimat gezogen war.

Diese Nachricht wurde von den Mitgliedern der „Bruderschaft für Gerechtigkeit" ausgiebig gefeiert. Einziger Tagespunkt war die Nachbesprechung zum Fall „Kandidat Sieghard Momsen".

Und dieses Mal war auch Moped-Sepp von Anfang an bei der Sitzung mit anwesend.

Kreuz-Otto begrüßte die Brüder und dankte für ihr vollzähliges Erscheinen.

„Es ist mir eine ganz besondere Freude, dass wir – im Gegensatz zu unserer letzten Zusammenkunft – dieses Mal ein Erfolgserlebnis feiern können.

Dass dieses Unternehmen ein durchschlagender Erfolg war, verdanken wir mehreren Brüdern:

Blunzen-Fritz für die zündende Idee,
Fiskus-Otto für seine guten Beziehungen und die wichtige Aussage bei der Polizei,
und unserem lieben Moped-Sepp für seinen hervorragenden Einsatz.

Tosender Applaus setzte ein, begleitet von einem kräftigen Schulterklopfen für die genannten Personen.

Sensen-Otto hatte Tränen in den Augen, fühlte er in diesem Augenblick doch eine ungeheure Genugtuung für das begangene Unrecht an seinem Sprössling.

Er stand auf, um seinen Gefühlen Gehör zu verschaffen.

„Liebe Mitbrüder", begann er, und er schämte sich seiner Tränen nicht, die ihm in diesem Augenblick über die Wangen rannen.

„Ihr wisst, wie sehr ich und Oskar durch diesen Saukerl gelitten haben und wie sehr ich auf Rache aus war", fuhr Sensen-Otto fort, *„aber ihr habt es möglich gemacht, und dafür danke ich euch."*

Applaus setzte ein. Sensen-Otto winkte ab und sagte dann:

„Ihr habt uns gerächt, und ich muss sagen, ich hätte nicht gedacht, dass Rache so gut schmeckt."

„Rache schmeckt bekanntlich besser als Blutwurst."

Dieser oft zitierte, minimal geistreiche Spruch, von dem niemand so recht weiß, aus wessen Hirn er entsprungen ist, kam von Moped-Sepp.

Was Sensen-Otto normalerweise die Stirn in Falten gelegt hätte, führte heute zu einem huldvollen Lächeln in Sensen-Ottos Gesicht.

Moped-Sepp war ja doch maßgeblich am Erfolg des Unternehmens beteiligt.

„Genauso ist es Sepp", entgegnete Sensen-Otto, was wiederum ein dankbares Lächeln in das Gesicht des wackeren Polizeibeamten zauberte.

Gerade wollte Kreuz-Otto wieder das Wort ergreifen, als ihn Sensen-Otto zurückhielt.

„Eine Sache noch, Otto", sagte Sensen-Otto zu seinem Namensvetter, und was er dann sagte, war eine überdimensional große Überraschung aus dem Munde eines notorischen Geizhalses:

„Wir haben frisch geschlachtet. Es gibt Schlacht-platte für alle und Freibier, als Zeichen meiner Dank-barkeit."

Ein unbeschreiblicher Jubel brandete auf, und wenig später bog sich der Tisch unter der Last von Sauerkraut, Knödeln, Fleisch, Leberwürsten und Blunzen.

*****

Friedrich Wilhelm Treskau war Versicherungsvertreter, der Schwager von Brezel-Wilhelm und ein charakterliches Schwein.

Dem Namen nach aus dem Märkischen stammend, hatte ihn der Krieg hierher verschlagen. Brezel-Wilhelm hatte Treskaus Schwester geehelicht und war somit mit ihm in Verwandtschaft geraten.

Was ungeheuerlich war und per Zufall der „Bruderschaft für Gerechtigkeit" zugetragen wurde, verdankte diese dem Neffen von Fiskus-Otto, der eine Lehre bei der Sparkasse in der Kreisstadt absolvierte.

Es gab ein Girokonto bei der Bank, das auf den Namen „Ehemalige Angehörige der Waffen-SS" lautete. Und der Bevollmächtigte für dieses abstruse Konto hieß Friedrich Wilhelm Treskau.

Auf diesem Konto gingen regelmäßig Zahlungen in Form von sogenannten Mitgliedsbeiträgen ein. Und das waren nicht gerade wenige.

Wenn man das liest, dann ist man geneigt, es als „blanken Unsinn" zu apostrophieren; aber leider entspricht es der Wahrheit.

Das Entsetzen war riesengroß, als diese Tatsache bei den Brüdern publik geworden war. Brezel-Wilhelm sah sich großen Anfeindungen ausgesetzt, weil man ihm vorwarf, dass er der Bruderschaft diese verabscheuungswürdige Tatsache verschwiegen hatte.

„ Das wusste ich doch nicht", so die Erklärung von Brezel-Wilhelm, *„er ist zwar mein Schwager; aber wir sehen uns so gut wie nie. Ich mag diesen arroganten Kerl nicht."*

Die Brüder glaubten und verziehen Brezel-Wilhelm die Tat. Welche er – im Grunde genommen – ja auch nicht wirklich begangen hatte.

Auf jeden Fall machte das Wissen um diesen schrecklichen Mitbürger selbigen zu einem Kandidaten 1. Klasse.

****

„Ich begrüße die werten Mitglieder zu unserer all-monatlichen Sitzung und bitte Fiskus-Otto um Verlesung der Tagesordnung."

Fiskus-Otto erhob sich und bedankte sich beim Vorsitzenden, Kreuz-Otto für die Erteilung des Wortes und begann mit der Verlesung der Tagesordnung:

1. Feststellung der Vollzähligkeit.
2. Tätigkeitsbericht des rückliegenden Monats.
3. Besprechung zu den vorliegenden Erhebungen, durchgeführt von unserem außerordentlichen Mitglied Moped-Sepp.
4. Allfälliges

Danach stellte er die Vollzähligkeit der Gemeinschaft fest und ging danach direkt zu Punkt 2 der Tagesordnung über. Er bat Blunzen-Fritz um die Verlesung des Tätigkeitsberichtes.

„*Meine lieben Mitbrüder*", begann Blunzen-Fritz, „*mein Bericht fällt heute besonders kurz aus, weil wir ja schon bei unserer außerordentlichen Sitzung das Thema zünftig abgearbeitet haben.*"

Das aufkommende Gelächter erinnerte freudig an die Schlachtplatten-Orgie, zu welcher Sensen-Otto seine Mitbrüder eingeladen hatte.

„*An dieser Stelle noch einmal unseren ganz herzlichen Dank an Sensen-Otto und seine liebe Frau Marianne.*"
Der aufbrandende Applaus machte Sensen-Otto fast ein wenig verlegen.

Kreuz-Otto erhob sich und bat um Ruhe. Dann wandte er sich Punkt 3 der Tagesordnung zu, nämlich zu den Erhebungen für den aktuellen Kandidaten.

„*Liebe Freunde, es ist ungeheuerlich, dass wir uns heute mit einem Kandidaten befassen müssen, den es gar nicht geben sollte.*

Wir haben alle, wie wir hier sitzen, unseren Dienst für das Vaterland geleistet, und wir waren aufrechte Soldaten und keine menschenverachtenden Schlächter wie das Lumpenpack bei der SS.

Einer dieser Schlächter lebt mitten unter uns, und das ist eine Schande."

Applaus vermischte sich mit Bravo-Rufen.

Kreuz-Otto bat wiederholt um Ruhe und fuhr fort:

„Es handelt sich um einen gewissen Friedrich Wilhelm Treskau, einen Zugereisten, der sich scheinbar hier bei uns – nach dem Krieg – versteckt hat.

Er hat seinen Kopf so lange eingezogen, bis die Besatzer abgezogen waren. Danach hat er ihn weit herausgestreckt und verspottet anständige Bürger.

Er bekennt sich offen zu seiner verbrecherischen Vergangenheit und hat einen Verein für ehemalige Angehörige der Waffen-SS gegründet.

Ich frage euch, wie kann das möglich sein, dass so ein Schwein mitten unter uns lebt?"

Brezel-Wilhelm hatte die ganze Zeit über vor sich hingestarrt. Es war ihm sichtlich unangenehm, dass der Kandidat sein Schwager war.

„Unser Mitgefühl gehört Brezel-Wilhelm, weil er der Schwager von diesem Monster ist. Aber wie heißt es so schön: <seine Verwandtschaft kann man sich nicht aussuchen>, stimmt 's Wilhelm?"

Als Brezel-Wilhelm das hörte, und als ihm Rasiermesser-Karl freundschaftlich auf die Schulter klopfte, war er den Tränen nahe.

„Es tut mir leid", sagte Brezel-Wilhelm, *„und wenn ihr wollt, dann trete ich aus der Gemeinschaft aus."*

Ein heftiges Stimmengewirr setzte ein als Zeichen der Empörung über diesen Vorschlag.

Kreuz-Otto bat ein weiteres Mal um Ruhe, um danach zu sagen:

„Das kommt überhaupt nicht in Frage, lieber Wilhelm, du bist und bleibst einer von uns!"

Applaus setzte ein, und eine kleine Träne benetzte das Gesicht von Brezel-Wilhelm.

„Ihr seid wahre Freunde", presste er mühsam hervor und ließ seinen Blick voller Dankbarkeit in der Runde kreisen.

„Aber nun wieder zurück zu unserem Kandidaten", sagte Kreuz-Otto und bat um Vorschläge.

„Kann man dagegen nicht gerichtlich vorgehen?", fragte Blunzen-Fritz.

„Leider nein", antwortete Fiskus-Otto, *„ich habe mich schon erkundigt."*

„Es ist eine Riesensauerei", sagte Benzin-Robert, *„dass solche Leute ungestraft mit ihrer Vergangenheit hausieren können."*

„Und deshalb sind wir da", sagte Rasiermesser-Karl, *„wir werden für Gerechtigkeit sorgen."*

„Die Frage ist nur - wie?", warf Sensen-Otto ein.

Es folgte kollektives Schweigen.

„Wenn ich einen Vorschlag machen dürfte", unterbrach Brezel-Wilhelm die Stille.

„Aber ja, Wilhelm", erwiderte Kreuz-Otto, und Brezel-Wilhelm sagte:

„Ich wäre dafür, dass wir uns in einer Woche wieder hier versammeln. Und in der Zwischenzeit kann sich jeder Gedanken darüber machen, was zu tun ist."

„Das ist eine sehr gute Idee, Wilhelm", erwiderte Kreuz-Otto, *„und genauso machen wir das auch."*

Die Bruderschaft saß noch eine Weile zusammen, und als das letzte Glas geleert war, ging man zufrieden und hoffnungsfroh auseinander.

*****

„Ich begrüße die werten Mitglieder zu einer außerordentlichen Sitzung und bitte Fiskus-Otto um Verlesung der Tagesordnung."

Fiskus-Otto erhob sich und bedankte sich wie gewohnt beim Vorsitzenden, Kreuz-Otto für die Erteilung des Wortes und begann mit der Verlesung der Tagesordnung:

1. Feststellung der Vollzähligkeit.
2. Einziger Tagespunkt: Kandidat Friedrich Wilhelm Treskau

„Da ich zweifelsfrei feststellen konnte, dass alle Mitglieder anwesend sind, möchte ich jetzt direkt zu Punkt 2 der Tagesordnung übergehen."

Der Vorsitzende hatte – entgegen dem sonst üblichen Protokoll – das Wort an sich genommen. Als er fortfahren wollte, erhob Brezel-Wilhelm seine Hand und sagte:

„Ich bitte ums Wort."

Dieser außergewöhnliche Vorfall rief einiges Erstaunen bei den Anwesenden hervor. Brezel-Wilhelm war stets der Mann im Hintergrund gewesen und hatte sich bei allen bisherigen Sitzungen stets mit zuhören begnügt.

„Ich erteile Wilhelm das Wort", sagte Kreuz-Otto und nahm wieder Platz.

Brezel-Wilhelm stand auf und schwenkte ein Blatt Papier hin und her.

Alle starrten verwundert zu Brezel-Wilhelm, nur Sensen-Otto und Benzin-Robert nicht. Sie lächelten.

„Was ist das?", fragte Rasiermesser-Karl aufgeregt, und Brezel-Wilhelm antwortete:

„Das ist die Lösung für unser Problem. "

Es wurde plötzlich still im Raum. Erwartungsvolle Blicke hingen an den Lippen von Brezel-Wilhelm, der seinen Auftritt sichtlich genoss.

„Jetzt mach es doch nicht so spannend, Wilhelm", sagte Kreuz-Otto beinahe flehentlich, *„und lass die Katze aus dem Sack. "*

„Das ist ein Schreiben der Firma <SUV>[6], das ich euch jetzt vorlesen werde", antwortete Brezel-Wilhelm.

„Was ist das? ", fragte Rasiermesser-Karl.

„Das ist der Arbeitgeber unseres Kandidaten", erwiderte Brezel-Wilhelm.

„Und, was ist damit? ", bohrte Rasiermesser-Karl weiter.

„Jetzt lass ihn doch einmal vorlesen und quatsch nicht immer dazwischen", kam die Ermahnung durch Kreuz-Otto in harschem Ton.

Rasiermesser-Karl machte sich noch kleiner, als er eh schon war und zog sich schmollend in sich zurück.

Dann begann Brezel-Wilhelm das Schreiben der Firma **„SUV"** vorzulesen, begleitet von einem totalen

---

[6] Schutz Und Vorsorge

Schweigen der versammelten Brüder, dass man die buchstäbliche Stecknadel mühelos hätte fallen hören können:

Schutz **U**nd **V**orsorge
Versicherungs-AG
Bahnhofsplatz 7
Schröpfbach

Betreff: *Ihr wertes Schreiben vom 20. d. M.*

Sehr geehrter Herr Elsan!

Nach Überprüfung der Sachlage sind wir zu dem Entschluss gekommen, die Zusammenarbeit mit unserem bisherigen Mitarbeiter, Herr Friedrich Wilhelm Treskau, mit sofortiger Wirkung zu beenden.

Wir sind ebenso wie Sie der Meinung, dass eine staatsfeindliche, menschenverachtende Gesinnung in den Reihen unserer Mitarbeiter nichts verloren hat.

Wir hoffen, dass wir damit Ihr Vertrauen wiedererlangt haben, und dass wir weiterhin Ihr Ansprechpartner für Versicherungsdinge bleiben werden.

Mit besten Wünschen für Ihr Wohlergehen und das Ihrer Familie verbleiben wir mit vorzüglicher Hochachtung

Ernst-Walter Höllein, Direktor

Fassungslosigkeit spukte - wie kleine Irrlichter - wild durch die Köpfe der Anwesenden.

Nur nicht bei Brezel-Wilhelm, Sensen-Otto und Benzin-Robert.

„Wie ist das möglich?", fragte Fiskus-Otto, der als erster seine Fassung wiedergewonnen hatte.

„Durch die geniale Idee und die Unerschrockenheit von Wilhelm", antwortete Benzin-Robert.

„Und durch die Mithilfe von Robert und Otto", fügte Brezel-Wilhelm hinzu und deutete auf die beiden wackeren Mitstreiter.

„Das musst du uns schon etwas genauer erklären", sagte Kreuz-Otto, und sein Gesicht strahlte, als wäre sein Haupt von einer „Corona Radiata" [7] umgeben.

Und dann erzählte Brezel-Wilhelm eine völlig verrückte Geschichte.

Dass er mit der Schwester des Kandidaten verheiratet war, hinderte ihn jedoch nicht daran, diesen Mann abgrundtief zu hassen.

Das führte dazu, dass er mit Sensen-Otto und Benzin-Robert einen wahnwitzigen Plan ausheckte.

---

[7] Strahlenkranz

„Wie ihr euch alle denken könnt, habe ich meinen Schwager nie wirklich leiden können", begann Brezel-Wilhelm zu erzählen, als er von Rasiermesser-Karl mit der Bemerkung „dieses arrogante Arschloch" jäh unterbrochen wurde.

„Ruhe!"

Kreuz-Otto hatte es förmlich hinausgebrüllt und Rasiermesser-Karl mit einer bitterbösen Mine dabei angeschaut, was diesen ordentlich zusammenzucken ließ.

„Erzähl bitte weiter, Wilhelm", wandte sich Kreuz-Otto an Brezel-Wilhelm, unterstrichen von seinem wiedergewonnenen Lächeln.

„Nach unserem letzten Treffen habe ich mir das Hirn zermartert, wie wir diesen Mistkerl loswerden könnten.

Dann kam mir der Zufall zu Hilfe, als mir mein Schwager die Zahlungsaufforderung für den fällig werdenden Versicherungsbeitrag für meine Bäckerei auf den Tisch legte.

Das hat mich auf die Idee gebracht einen Brief an die Versicherungsgesellschaft zu schreiben und denen mitzuteilen, was für ein Mensch mein Schwager ist."

„Und was hast du denen geschrieben?", fragte Blunzen-Fritz, worauf Brezel-Wilhelm eine Kopie des Briefes vorlas:

An die
Schutz Und Vorsorge
Versicherungs-AG
Bahnhofsplatz 7
Schröpfbach

Sehr geehrte Damen und Herren!
Ich bin ein Bäckermeister und verkaufe meine Waren
im eigenen Laden an meine Kunden. Außerdem bin
ich Mitglied im hiesigen Gemeinderat und stellver-
tretender Bürgermeister.
Ich habe seit vielen Jahren sowohl mein Geschäft als
auch mich und meine Ehefrau bei Ihnen versichert,
und ich habe meine Beiträge immer pünktlich be-
zahlt.
Aber jetzt, nachdem bekannt geworden ist, dass Ihr
Mitarbeiter, ein gewisser Herr Friedrich Wilhelm
Treskau, der auch in unserem Dorf wohnt, mit seiner
Vergangenheit prahlt (er war Mitglied bei der Waf-
fen-SS) und sogar einen Verein der Ehemaligen ge-
gründet hat, überlege ich, ob ich meine Versicherun-
gen bei Ihnen weiter aufrecht erhalten möchte.
Ich habe schon mit anderen Mitbürgern darüber ge-
sprochen, die auch eine Versicherung bei Ihnen ha-
ben, und die überlegen sich das auch.
Ich hoffe, Sie werden das verstehen. Es ist eine
Frage des Prinzips und der Ehre. Mit einer Versi-
cherung, die solche Leute beschäftigt, kann man
keine Geschäfte machen.

Hochachtungsvoll!

Wilhelm Elsan, Bäckermeister

Brezel-Wilhelm faltete sorgfältig das Blatt Papier wieder zusammen, aus welchem er gerade vorgelesen hatte, und schaute in die erstaunten Gesichter seiner Mitbrüder.

„Was hat Berta dazu gesagt?", fragte Rasiermesser-Karl, *„der Kandidat ist immerhin ihr Bruder."*

„Ist er nicht", antwortete Brezel-Wilhelm.

„Ist er nicht?", fragte Rasiermesser-Karl verwundert nach, *„aber wieso nicht?"*

„Berta ist die Tochter aus erster Ehe. Als ihr Vater früh verstorben ist, hat ihre Mutter einen gewissen Treskau geheiratet. Und aus dieser Ehe stammt der Kandidat. Berta ist also nur die Halbschwester von ihm."

„Aha", sagte Rasiermesser-Karl, *„jetzt verstehe ich es"*, fügte aber unmittelbar hinzu:

„Aber was ist, wenn die Versicherungsfirma herausbekommt, dass du mit dem Kandidaten verwandt bist?"

„Wie soll das gehen?", antwortete Brezel-Wilhelm, *„ich heiße Elsan und der Kandidat heißt Treskau."*

„Jetzt lass Wilhelm doch in Ruhe", mischte sich jetzt Fiskus-Otto ein, *„Hauptsache ist doch, dass er das Schwein zur Strecke gebracht hat. Und das ganz allein."*

Kreuz-Otto begann kräftig zu applaudieren und die anderen taten es ihm mit voller Inbrunst gleich.

Brezel-Wilhelm winkte ab und sagte:

„Halt! Halt! Ganz so war das nicht."

Der Applaus verebbte und Brezel-Wilhelm deutete auf Sensen-Otto und Benzin-Robert.

„Die beiden waren wesentlich an dem Erfolg beteiligt. Erzähl selbst Otto, was du gemacht hast."

Der Angesprochene referierte daraufhin genüsslich und mit langsam gesprochenen Worten über seine „anrüchige Tat".

„Ich habe dem Saukerl eine Ladung Mist vor seine Haustür gekippt und eine Nachricht an die Hauswand geschrieben."

„Waaas? Du warst das?", fragte Blunzen-Fritz euphorisch. *„Ist das nicht auch in der Zeitung gestanden?"*

„So ist es, Fritz", antwortete nun wieder Brezel-Wilhelm, *„und den Artikel mit Bild habe ich dem Brief an die Versicherung beigelegt."*

Was war geschehen?

Die Aktion mit dem Mist und der Parole „NAZI RAUS!", welche Sensen-Otto durchgeführt hatte, war möglich, weil der Kandidat in einem Neubaugebiet, am Rande des Dorfes gelegen, wohnte und zum Zeitpunkt der Tat nicht zu Hause war.

Der Verlobte von Uschi, der Tochter von Benzin-Robert, arbeitete in der Werkstatt von Benzin-Robert und war Hobbyfotograf. Er hatte am nächsten Morgen sofort ein Bild von dem Geschehen gemacht.

Der Chefredakteur, ein Kriegskamerad von Benzin-Robert, der mit ihm in Afrika beim Korps – Seite an Seite – gekämpft hatte, ließ dem jungen Kollegen freie Hand bei dem Verfassen eines entsprechenden Artikels.

Die polizeilichen Ermittlungen, durchgeführt von Moped-Sepp verliefen erstaunlicherweise im Sand. Im Abschlussbericht der eingehenden Untersuchung stand zu lesen:

„Bei der Tat handelt es sich vermutlich um einen Streich dummer Jugendlicher."

Was die „Bruderschaft der Gerechtigkeit" jedoch nie erfahren hat, war die traurige Tatsache, dass Treskau zwar offiziell entlassen wurde und das Dorf verlassen hat, aber in Wirklichkeit in einer anderen Stadt für die SUV weitergearbeitet hat. Auf einen so erfolgreichen Mitarbeiter wollte man einfach nicht verzichten…

*****

Seit einiger Zeit musste die Feuerwehr immer wieder einmal zu einem Einsatz ausrücken; doch jedes Mal handelte es sich um einen Fehlalarm.

Benzin-Robert war schon völlig genervt über den unnötigen Aufwand und den Zeitverlust für die eigene Arbeit.

Er hatte sich schon an die Polizei gewandt; aber bisher konnte der Täter nicht geschnappt werden.

Am Stammtisch redeten sich die Gäste schon die Köpfe heiß, und die wildesten Spekulationen machten die Runde.

So war es nun allerhöchste Zeit, dass sich die Bruderschaft um dieses lästige Problem kümmerte.

Und so geschah es auch anlässlich der nächsten regulären Sitzung.

*****

„Ich begrüße die werten Mitglieder zu unserer allmonatlichen Sitzung und bitte Fiskus-Otto um Verlesung der Tagesordnung."

Fiskus-Otto bedankte sich bei Kreuz-Otto für die Erteilung des Wortes und begann von einem Blatt Papier die Tagesordnung zu verlesen:

1. Feststellung der Vollzähligkeit.
2. Tätigkeitsbericht des rückliegenden Monats.
3. Besprechung zu den vorliegenden Erhebungen, durchgeführt von unserem außerordentlichen Mitglied Moped-Sepp.
4. Allfälliges

Nachdem Fiskus-Otto die Vollzähligkeit der Anwesenden bestätigt hatte und nun Blunzen-Fritz an der Reihe war, den Tätigkeitsbericht des rückliegenden Monats zu präsentieren, geschah etwas Seltsames.

Blunzen-Fritz erhob sich und ging bei der Tür hinaus.

Fiskus-Otto schaute erwartungsvoll zum Vorsitzenden, von dem jedoch – außer einem breiten Grinsen – keinerlei Reaktion erfolgte.

Fiskus-Otto wollte schon sein Erstaunen zum Ausdruck bringen, als die Tür wieder aufging und Blunzen-Fritz, zusammen mit der Wirtsehefrau Marianne, hereintrat.

Die beiden hielten einen riesigen Geschenkkorb in ihren Händen, den sie jetzt direkt vor Brezel-Wilhelm auf den Tisch hievten.

Brezel-Wilhelm war kaum noch zu sehen hinter dem Geschenkkorb, in welchem sich Wein- und Schnapsflaschen, Schinken, Würste und weitere Köstlichkeiten türmten.

Und bevor Brezel-Wilhelm Zeit fand, seinem Erstaunen nachzukommen, erklang es mit großer Lautstärke und voller Inbrunst aus den Kehlen der anderen Anwesenden:

„Hoch soll er leben, hoch soll er leben, dreimal hoch. Hoch! Hoch! Hoch!"

Und als Ergänzung zu der Gesangsdarbietung gesellte sich noch ein nicht enden wollender Applaus hinzu.

Brezel-Wilhelm war sichtlich gerührt. Tränen rannen über sein Gesicht und er schämte sich ihrer nicht.

„Danke, meine lieben Brüder", stammelte er, *„vielen Dank. Aber der Dank gebührt ebenso Otto, wie auch Robert."*

„Du kannst ihnen ja eine Wurst oder ein Stück von dem Schinken abgeben", witzelte Rasiermesser-Karl, was allgemeines Gelächter zur Folge hatte.

„Ich denke, mit der Ehrung für unseren lieben Wilhelm hat sich der Punkt 2 der Tagesordnung von selber erledigt", sagte Fiskus-Otto und erhob sein Glas.

„Lasst uns auf das Wohl von Wilhelm und seine beiden Mitstreiter, Otto und Robert, anstoßen, die für uns den letzten Fall bravourös gelöst haben."

„Auf Wilhelm, auf Otto, auf Robert!"

Diese guten Wünsche erklangen noch mehrere Male, bevor sich die Bruderschaft dem Punkt 3 der Tagesordnung zuwandte.

Kreuz-Otto ergriff das Wort und schilderte in groben Zügen, was für die anderen Anwesenden keine Neuigkeit darstellte: Irgendjemand machte sich einen Spaß daraus, die Feuerwehr zum Narren zu halten.

„Was wissen wir?", fragte Benzin-Robert, der als Feuerwehrkommandant wohl das größte Interesse daran hatte, dem Spuk ein baldiges Ende setzen zu können. *„Hat Sepp schon irgendetwas herausfinden können?"*

„Leider nein", antwortete Kreuz-Otto.

„Wir müssen in dieser Angelegenheit strategisch vorgehen", fuhr Benzin-Robert fort.

Er sah es aus dem Blickwinkel eines ehemaligen Panzerfahrers, der unter dem Wüstenfuchs Rommel so seine Erfahrungen gemacht hatte.

„Und was schlägst du vor?", fragte Rasiermesser-Karl, der insgeheim seinen Mitbruder bewunderte. Er selbst hatte nie gedient, da er mangels genügender Körpergröße nie zu den Waffen gerufen worden war.

„Zunächst müssen wir uns einmal fragen, wer als Täter infrage kommt", antwortete Benzin-Robert.

Er sah sich schon als Strategen erster Ordnung, als ihm Blunzen-Fritz mit seiner blöden Bemerkung in die Parade fuhr.

„Sonst hast du nichts zu bieten? Das hat die Polizei doch schon längst gemacht."

Es war wohl die ewige Rivalität, welche zwischen ihm und Benzin-Robert bestand, die ihn das sagen ließ.

Blunzen-Fritz stand damals auch zur Wahl, als es um die Wahl für den neuen Kommandanten ging. Er unterlag mit nur einer Stimme, und er war der festen Überzeugung, dass Benzin-Robert sich Stimmen gekauft hatte.

Er wäre ohne Zweifel dazu imstande gewesen, denn Geld war ja genug vorhanden. Roberts Vater hatte vor dem Krieg eine kleine Hütte, in der er kleinere Reparaturen an Fahrrädern vornahm.

Und nach dem Krieg wuchsen dort schon sehr bald eine größere Werkstatt und eine Tankstelle.

„Wenn du glaubst, du kannst das besser, dann mach's doch, du Blödmann!"

Benzin-Robert setze sich nieder und schmollte.

„Schluss jetzt!"

Kreuz-Ott hatte ein Machtwort gesprochen und die beiden Streithähne fügten sich augenblicklich.

„In diesem Raum sind wir eine Bruderschaft und wir respektieren einander. Habt ihr das verstanden?"

Der scharfe Ton dieser Ansage ließ keinen Raum für Zweifel zu. Benzin-Robert und Blunzen-Fritz wussten das nur zu genau. Ein kollektives Nicken bekundete ihre Zustimmung.

„Was ihr dort draußen macht, ist mir egal. Schlagt euch von mir aus die Köpfe ein. Aber hier drinnen herrscht Eintracht. Wer das nicht kapiert, ist hier fehl am Platz.

Und jetzt beginnt Robert noch einmal, und wir werden ihm aufmerksam zuhören. Bitte, Robert!"

Kreuz-Otto war bekannt für seine direkte, manchmal über die Schmerzgrenze gehende Art, mit welcher er seinen Mitmenschen begegnete. Er machte auch nicht auf der Kanzel davor Halt.

Das hatte schon manchen Kirchgeher vertrieben; aber auch neue Fans gebracht, die sich „Action" im Hause Gottes erhofften.

Robert war nach dieser Predigt richtig warm ums Herz geworden. Er schickte einen dankbaren Blick in Richtung Kreuz-Otto und erhob sich, um seine Überlegungen darzulegen.

„Also, noch einmal meine Frage: Wer kommt als Täter in Betracht?"

„*Was ist mit den Zigeunern auf deiner Wiese?*", fragte Rasiermesser-Karl in Richtung Sensen-Otto.

„*Die sind harmlos*", antwortete Sensen-Otto lächelnd, „*die klauen höchstens die Wäsche von der Leine.*"

Gelächter setzte ein. War der Raum gerade eben noch von einer knisternden Spannung durchwoben, so wurde sie jetzt mit einem Schlag aufgelöst. Sogar Kreuz-Otto musste lachen.

„*Die haben kein Interesse daran, aufzufallen*", fügte Sensen-Otto hinzu, „*sie schärfen Messer und Scheren und flicken alte Schirme oder bieten selbstgefertigten Schmuck feil. Das ist schon alles.*"

„*Das glaube ich auch*", stimmte Fiskus-Otto bei, „*aber wer war es dann? Die Frage ist doch, war es jemand aus dem Ort oder vielleicht jemand aus dem Nachbardorf?*"

An diese Idee hatte bisher noch keiner gedacht.

„*Ich sage nur <Maibaum>.*"

Es war Sensen Otto, der den Ball aufgefangen hatte.

Vor einigen Jahren hatte er, zusammen mit ein paar jungen Wilden aus dem Dorf, den Maibaum aus der Nachbargemeinde arg verschandelt.

Sie haben am Kronenkranz Klopapierrollen angebunden und danach den Stamm des Maibaums schwarz angestrichen.

Es war eine von Alkohol durchdrängte Idee; aber die Bewohner der angrenzenden Gemeinde hatten diese Freveltat nie verwunden und Rache geschworen.

Da jedoch bisher keine diesbezüglichen Aktivitäten stattgefunden hatten, war die Angelegenheit längst in Vergessenheit geraten.

Außerdem hatte Sensen-Otto ein mächtig großes Fass Bier als Wiedergutmachung spendiert.

„Das ist es", jubilierte Rasiermesser-Karl, *„das ist die verspätete Rache der Steckzwiebeln."*

„Steckzwiebel" war die despektierliche Bezeichnung für die Bewohner des Nachbardorfes, für deren Herkunft es keine empirische Erklärung gab; aber die verschiedensten Auslegungen.

Der Blick in die Runde ließ erkennen, dass man der Vermutung auf den potenziellen Täter allgemein Glauben zu schenken schien, denn keiner der Anwesenden sprach sich dagegen aus.

„Dann sind wir ja schon einen großen Schritt weiter", sagte Kreuz-Otto freudig, wurde aber sogleich in seiner aufkeimenden Euphorie von Brezel-Wilhelm eingebremst.

„Ihr wisst aber schon, dass Sepp einer von den <Steckzwiebeln> ist..."

Stille setzte ein. Es würde schwierig werden, Sepp dazu zu bringen, gegen seine eigenen Leute zu ermitteln.

Er war zwar ein loyaler Mitarbeiter der Bruderschaft, aber seine Loyalität galt ebenso dem Nachbardorf und seinen Bewohnern. Sepp war von Geburt an eine „Steckzwiebel", und er war auch mit einer solchen verheiratet.

„Aber irgendetwas müssen wir unternehmen", fachte Benzin-Robert die Diskussion wieder an.

„Die Frage ist nur – was?", sagte Rasiermesser-Karl, um seinen Beitrag an der Diskussion zu leisten.

„Hat denn niemand eine Idee?", fragte Kreuz-Otto und blickte in die ratlosen Gesichter seiner Mitbrüder.

Es folgte erneutes Schweigen.

„Wir brauchen einen Undercover-Agenten", sagte Blunzen-Fritz in die Stille hinein.

„Blödsinn."
Rasiermesser-Karl leistete damit einen weiteren, wenn auch wenig hilfreichen Kommentar zur Lage.

„Überhaupt nicht", widersprach Blunzen-Fritz, *„ich habe das schon in Filmen gesehen."*

Kreuz-Otto verdrehte die Augen.

"Es müsste aber jemand sein, den die Steckzwiebeln noch nicht kennen", fügte Fiskus-Otto hinzu.

Und als die übrigen Mitbrüder heftig nickten, bemerkte Kreuz-Otto, dass die Idee gerade heftigen Zuspruch erfuhr, und also beschloss er, sich ihr anzuschließen.

"Dann kann es ja niemand von uns sein. Aber wer könnte es dann machen? Es müsste jemand sein, der auch unser Vertrauen genießt..."

"Gerhard."

Die äußerst knappe Wortmeldung war von Benzin-Robert ergangen.

"Welcher Gerhard?", fragte Kreuz-Otto, und Benzin-Robert antwortete:

"Gerhard Berger, der Verlobte meiner Uschi. Der ist nicht von hier und den kennen die Steckzwiebeln sicher nicht."

Nun begann ein Abwägen darüber, wie man und ob überhaupt eine „Undercover-Aktion" durchzuführen wäre.

Nach einigem Hin und Her beschloss man, darüber abzustimmen.

Der Vorsitzende nahm seine Stellung wahr und sprach:

„Wer dafür ist, eine Undercover-Aktion zu starten, der erhebe die Hand."

Alle hoben ihre Hand, bis auf Rasiermesser-Karl. Hatte er zuvor den Vorschlag von Blunzen-Fritz als „Blödsinn" apostrophiert, so konnte er jetzt schlecht seine Zustimmung erteilen. Schließlich hat man ja seine Prinzipien.

„Gegenstimmen?"

Niemand rührte sich.

„Enthaltungen?"

Jetzt erhob Rasiermesser-Karl seine Hand, wenn auch etwas zögerlich und mit auf den Tisch gesenktem Blick.

„Ich stelle eine eindeutige Mehrheit fest, mit keiner Gegenstimme und einer Stimmenthaltung.

Damit ist der Vorschlag von Fritz angenommen."
Es folgte Applaus, mit dem man sowohl Einverständnis als auch Hoffnung zum Ausdruck bringen wollte.

Punkt 4 kam danach nicht mehr zum Tragen, zumal keinerlei diesbezügliche Anträge gestellt worden waren.

Als Gerhard Berger von seinem Schwiegervater in spe gefragt wurde, ob er sich dem Spezialauftrag gewachsen fühle, und wenn, ob er bereit wäre, diesen zu übernehmen, stimmte er spontan und bedenkenlos zu.

In den Augen von Benzin-Robert war er nie die erste Wahl als potenzieller Schwiegersohn.

Gerhard war zwar nicht ungeschickt in seiner Tätigkeit als Kfz-Mechaniker, aber für seine Prinzessin hätte sich Benzin-Robert durchaus eine bessere Partie vorstellen können.

„Das ist aber nicht ganz ungefährlich", unterwies Benzin-Robert den jungen Burschen in dessen Spezialmission, *„wenn die Steckzwiebeln Lunte riechen, dann musst du um dein Leben rennen."*

„Keine Sorge, Chef", antwortete Gerhard, *„ich werde die Angelegenheit mit sehr viel Fingerspitzengefühl angehen."*
Diese Worte, welche auf eine gewisse Besonnenheit hindeuteten, gefielen Benzin-Robert. Aber als der künftige Undercover-Agent fragte, welchen Operationsnamen das Unternehmen haben würde, schossen die Zweifel von Benzin-Robert in die Höhe wie die Salatköpfe im Monat Mai.

*****

Das Gasthaus „Zur Krone" war der kulturelle Hotspot der Nachbargemeinde. Dort wurde nicht nur das politische Tagesgeschehen abgehandelt, sondern auch Theater gespielt.

Dem Gasthaus angeschlossen war ein großer Saal, in welchem an Kirchweihe und zu Faschingszeiten getanzt wurde; aber auch mehrmals im Jahr Theaterstücke zur Aufführung kamen.

Gerhard Berger ging zu Beginn seiner Undercover-Mission mehrmals in der Woche in die „Krone" und freundete sich nach und nach mit den Jugendlichen an.

Sein Ziel war, Vertrauen aufzubauen, ja vielleicht sogar Freundschaften einzugehen, um so sukzessive den Gegner zu infiltrieren.

Gerhard Berger schloss sich dem Schauspielensemble an.

Ausgestattet mit einem ansprechenden Äußeren erregte er sehr schnell Interesse bei dem unangefochtenen Star der Theatergruppe. Er hieß Lioba und war eine hünenhafte, von der Natur üppig ausgestattete Blondine.

Das wiederum brachte den jungen Mann in arge Bedrängnis. Zum einen, weil er ja in festen Händen war, und zum anderen, weil ein anderes Mitglied der Theatergruppe Begehrlichkeiten für Lioba empfand.

Und so kam es, dass das Unvermeidliche eintrat.

Als Lioba während einer Liebesszene ihre Zunge so tief in den Schlund von Gerhard hineinpresste, dass dies einen Brechreiz bei ihm hervorrief, stürzte sich der Buhle auf ihn und verpasste ihm einen kräftigen Hieb.

Damit war der Undercover-Auftrag von Gerhard Berger Geschichte, denn an ein weiteres Auftauchen in der „Krone" war nicht mehr zu denken.

Als dann aber Uschi auch noch Kenntnis von diesem Vorfall erhielt, löste sie – trotz aller Unschuldsbeteuerungen von Gerhard - ihre Verlobung.

Ihre Enttäuschung über den Liebesverrat war so groß, dass sie ihren Vater bedrängte, er möge den Treulosen hinauswerfen.

Dieser Forderung seiner Tochter kam Benzin-Robert jedoch nicht nach, schon aus dem Grund, weil er dem armen Burschen Glauben schenkte.

*****

„Ich begrüße die werten Mitglieder zu einer außerordentlichen Sitzung und bitte Fiskus-Otto um Verlesung der Tagesordnung."

Fiskus-Otto erhob sich und schaute Kreuz-Otto einfach nur an.

„Was ist los mit dir?", fragte Kreuz-Otto, *„hast du dich nicht vorbereitet?"*

Kreuz-Otto war aufgefallen, dass Fiskus-Otto noch nicht einmal ein Blatt Papier in seinen Händen hielt, geschweige denn, dass dieser etwas sagen würde.

„Das hat doch alles keinen Sinn mehr", antwortete Fiskus-Otto, und in seiner Stimme klang deutlich erkennbar eine gewisse Resignation mit.

„Wir werden den Kerl so nicht kriegen."

Rasiermesser-Karl wollte gerade ein *„ich hab`s euch gleich gesagt"* aussprechen, als ihn der zürnende Blick von Blunzen-Fritz erreichte.

Das veranlasste Rasiermesser-Karl sogleich diese weisen Worte hinunterzuschlucken und sie stattdessen für sich exklusiv zu genießen.

„Heißt das, du hinterfragst unsere Arbeit in diesem speziellen Fall oder meinst du das generell?"

Das Blut in den Adern der Anwesenden drohte beinahe zu gefrieren, als Kreuz-Otto diese Sinnfrage stellte.

Fiskus-Otto zuckte mit den Schultern.

Er stand da, wie ein Schuljunge, der seine Hausaufgaben nicht gemacht hatte, und der nun auf die Reaktion des Herrn Lehrers wartete.

„*Ist sonst noch jemand derselben Meinung wie Otto?*", fragte Kreuz-Otto, aber keiner der Anwesenden reagierte darauf.

Kreuz-Otto zeigte sich sichtlich erschüttert. Er setze sich nieder und steckte sich eine Zigarre an.

„*Wenn wir schon einmal dabei sind*", meldete sich Brezel-Wilhelm zu Wort, „*ich hätte euch eine Mitteilung zu machen.*"

Die negativen Schwingungen, welche den Raum zu okkupieren begonnen hatten, vermehrten sich nun rasant.

„*Wie ihr ja alle wisst, bin ich mit Abstand der Älteste von uns. Ich habe beschlossen, aus der Bruderschaft auszusteigen, weil mir das alles zu viel wird.*"

Schockstarre ergriff die Mitglieder. Blicke schwirrten hin und her, getrieben von einer Unsicherheit, wie man am besten mit dieser Situation umzugehen habe.

„*Ich möchte euch jedoch einen Vorschlag machen*", fuhr Brezel-Wilhelm fort. „*Ich habe meine Schwester gefragt, ob sie an meiner Stelle der Bruderschaft beitreten würde, und sie hat zugestimmt.*

Aber natürlich nur, wenn ihr das auch wollt."

„*Eine Frau in einer Bruderschaft? Wie soll das gehen?*"

Es war Rasiermesser-Karl, der wieder einmal seinen Mund nicht halten konnte.

Die anderen hatten es überhört oder sie taten nur so.

„Das ist äußerlich bedauernswert", sagte Kreuz-Otto, nachdem er eine größere Wolke Tabakrauch in den Raum verabschiedet hatte, *„aber natürlich verstehen wir dich und respektieren deinen Wunsch.*

Und was deinen Vorschlag betrifft, deine Schwester in unseren Reihen aufzunehmen, so müssen wir erst darüber beraten und abstimmen. Das verstehst du doch, oder?"

„Natürlich, Otto", erwiderte Brezel-Wilhelm, *„dann ist es wohl sinnvoll, wenn ich mich jetzt entferne."*

Brezel-Wilhelm wartete die Antwort erst gar nicht ab und erhob sich. Er nahm seinen überdimensionalen Geschenkkorb, nickte jedem einzelnen zu und verließ dann den Raum.

Unmittelbar danach brach eine heftige Diskussion aus. Es gab sowohl Befürworter als auch strikte Ablehnung.

Am Ende der langwierigen Diskussion wurde eine geheime Wahl abgehalten, die folgendes Ergebnis erbrachte:

Abgegebene Stimmen: 6
Gültige Stimmen: 6
JA-Stimmen: 4
NEIN-Stimmen: 1
Stimmenthaltungen: 1

Wer mit NEIN gestimmt hatte, sollte man nie erfahren. Aber von wem die Enthaltungsstimme kam, lag klar auf der Hand.

Rasiermesser-Karl war der Meister der Enthaltung. Er hatte stets den Weg des geringeren Widerstands beschritten und war sein ganzes Leben lang gut damit gefahren.

*****

Hildegard Elsan war die jüngere Schwester von Brezel-Wilhelm und im Grunde genommen eine Witwe ohne Trauschein. Ihr Verlobter war aus dem Krieg nicht zurückgekehrt, und Hildegard hat ihm die Treue über seinen Tod hinaus gehalten.

Sie war schon vor dem Krieg Krankenschwester im Krankenhaus der Kreisstadt und sie liebte ihren Beruf. Sie übte ihn mit großer Hingabe und einem resoluten Auftreten aus, sowohl Patienten als auch Ärzten gegenüber.

Und nun war sie Mitglied bei der „Bruderschaft der Gerechtigkeit".

„Ich begrüße die werten Mitglieder zu unserer all-
monatlichen Sitzung und bitte Fiskus-Otto um Verle-
sung der Tagesordnung."

Für Hildegard Elsan war dies ein ganz besonderer
Moment. Sie durfte an ihrer ersten Sitzung teilnehmen.
Ihr Bruder hatte ihr zwar schon einiges darüber erzählt;
aber es hatte ihre Aufgeregtheit nicht annähernd zu
mindern vermocht.

Fiskus-Otto stand auf und lächelte Hildegard freundlich zu. Und dieses Mal hatte er sogar wieder ein Blatt
Papier in der Hand.

Und dann begann er.

1. Begrüßung unseres neuen Mitglieds durch den
   Vorsitzenden.
2. Antrag auf Umbenennung der Bruderschaft.
3. Vergabe des Decknamens für unser neues Mitglied.
4. Tätigkeitsbericht für den rückliegenden Monat.
5. Besprechung über die Erhebungen für unseren
   neuen Kandidaten.
6. Allfälliges.

Hildegards Herz klopfte wie wild. Sie war zwar den
Umgang mit dem anderen Geschlecht gewohnt, aber
das hier war noch einmal etwas ganz anderes.

Kreuz-Otto bedankte sich bei Fiskus-Otto für das
Verlesen der Tagesordnung und wandte sich danach an
das aufzunehmende Neumitglied.

„Ich begrüße mit großer Freude unser neues Mitglied, Hildegard Elsan, und ich heiße dich im Namen der Bruderschaft herzlich willkommen."

Rasiermesser-Karl räusperte sich bei dem Wort „Bruderschaft" vernehmlich, um unmissverständlich darauf hinzuweisen, dass diese Bezeichnung völlig deplatziert wäre.

Er konnte es einfach nicht lassen.

„Wie du gerade selbst vernehmen konntest, müssen wir uns jetzt sofort an den Punkt 2 der Tagesordnung machen", sagte Kreuz-Otto weiter, *„bevor unser Karl noch erstickt."*

Damit hatte Kreuz-Otto die Lacher auf seiner Seite und Rasiermesser-Karl heftete wieder einmal seinen Blick direkt auf die Tischplatte vor seiner Nase.

„Gibt es Vorschläge?", warf Kreuz-Otto in die Runde.

„Bruder- und Schwesternschaft", „Gruppe für Gerechtigkeit" und weitere Vorschläge erklangen, aber keiner zündete so richtig.

„Wie wäre es mit <Bündnis für Gerechtigkeit>?"

Der Vorschlag kam von Hildegard. Sie fügte noch schnell hinzu:

„Das wäre auch geschlechtsneutral…"

„Das ist prima!"

Fiskus-Otto war der Erste, der auf den Vorschlag einging. Weitere folgten und bekundeten ihre Zustimmung.

„Ich denke, wir könnten uns eine Abstimmung sparen", sagte Kreuz-Otto, *„aber wir wollen die Form dennoch wahren."*

Die Abstimmung war, wie nicht anders zu erwarten, tatsächlich nur noch eine Formsache. Und dieses Mal verlief sie sogar einstimmig.

„Wenn wir gerade bei einer neuen Namensfindung sind, können wir gleich Punkt 3 der Tagesordnung abarbeiten", sagte Kreuz-Otto und blickte erwartungsvoll zu Hildegard.

„Wie du schon bemerkt haben dürftest, duzen wir einander. Ich hoffe, das ist in Ordnung für dich."

Hildegard nickte und Kreuz-Otto fuhr fort:

„Das freut mich. Und wir haben auch alle einen Decknamen. Das heißt, dass auch für dich einer gefunden werden muss.

Entweder wir machen dir Vorschläge oder du suchst dir selber einen aus."

Hildegard musste nicht lange überlegen.

„Meine Kollegen im Krankenhaus nennen mich Hilde", begann sie sodann, *„und eine meiner Haupttätigkeiten besteht im Verpassen von Heftpflaster für die Patienten.*

Wie wäre es mit <Heftpflaster-Hilde>? "

Gelächter setzte ein.

„Ich wäre natürlich auch mit einem Namen einverstanden, den ihr für mich aussucht", schickte Hildegard hinterher.

„Aber nein, liebe Hilde", erwiderte Kreuz-Otto umgehend, der Name ist perfekt. *„Oder was sagt ihr dazu? "*

Einsetzender Applaus der angesprochenen Anwesenden bestätigte den Namensvorschlag seitens Heftpflaster-Hilde.

„Aber jetzt lasst uns weitermachen, meine lieben Mitstreiter", sagte Kreuz-Otto und umging somit das leidige Thema der Bezeichnung „Brüder und Schwester".

„Ich bitte nun Fritz um den Bericht für den rückliegenden Monat. "

Blunzen-Fritz stand auf und begann seinen Bericht vorzulesen.

„Liebe Schwester Hilde, liebe Mitbrüder! "

Kreuz-Otto seufzte. Genau das hatte er vermeiden wollen; aber Blunzen-Fritz fuhr unbeirrt fort.

„Die endlose Geschichte der falschen Feueralarme hat doch noch ein gutes Ende gefunden.

Unser lieber Sepp konnte den Verbrecher dingfest machen, weil ein Bewohner der Nachbargemeinde Anzeige erstattet hat.

Es handelt sich um einen gewissen Albert Reinmuth, der sich dafür rächen wollte, dass man ihn bei unserer Feuerwehr nicht aufgenommen hat."

„Ich kann mich noch gut an den Kerl erinnern", unterbrach Benzin-Robert den Bericht von Blunzen-Fritz.

„Wir haben ihn nicht genommen, weil er einen Dachschaden hat."

„Nan, na, na!", mahnte Kreuz-Otto, *„der arme Kerl kann ja schließlich nichts dafür, dass er ein wenig geistig zurückgeblieben ist."*

„Ein wenig?", sagte Rasiermesser-Karl, *„der hat mir einmal meine Schaufensterscheibe eingeworfen."*

„Aber dafür kann er doch nichts", bemühte sich jetzt Sensen-Otto, was den Rest erstaunen ließ; denn Sensen-Otto war sonst nicht so zimperlich.

„Schluss! Fritz hat jetzt das Wort und sonst niemand."

Kreuz-Otto beendete damit die aufkommende Diskussion und nickte Blunzen-Fritz zu, er möge fortfahren.

„Besagter Mann hat in der „Krone" damit herumgeprahlt, dass er die Leute von der Feuerwehr verarscht, indem er falschen Alarm auslöst."

„Entschuldige bitte die deftige Wortwahl von Fritz, liebe Hilde", unterbrach nun Kreuz-Otto selber den Bericht von Blunzen-Fritz, worauf Heftpflaster-Hilde antwortete:

„Keine Sorge, Herr Pfarrer; ich bin Schlimmeres gewöhnt."

Alle Augen blickten zu Kreuz-Otto. So hatte ihn – seit Gründung der Gemeinschaft – in diesem Raum noch keiner genannt.

Kreuz-Otto lächelte. Dann sagte er zu Heftpflaster-Hilde:

„Was glaubst du wohl, warum wir alle einen Decknamen benützen, liebe Hilde?"

Heftpflaster-Hilde veränderte augenblicklich ihre Gesichtsfarbe, um damit ihr Gefühl für Peinlichkeit zum Ausdruck zu bringen.

Die Vorstellung, den Herrn Pfarrer mit „Otto" anzusprechen oder vielleicht gar noch mit ihm per „DU" zu parlieren, würgte sie.

„Ja, schon…", begann sie stotternd auf die Frage von Kreuz-Otto einzugehen; aber Kreuz-Otto erkannte die Drangsale, von welchen Heftpflaster-Hilde gerade heimgesucht wurde und erlöste sie.

„Otto; ganz einfach nur Otto."

Kreuz-Otto fügte seinem Lächeln noch Verständnis und Güte hinzu, und alles zusammen schickte er in die bedrängte Seele von Heftpflaster-Hilde.

„Danke, Otto", wisperte Heftpflaster-Hilde in einem Zustand der Verklärung nahe, *„ich werde es mir merken."*

„Siehst du, liebe Hilde", erwiderte Kreuz-Otto, *„ist doch gar nicht so schwer."*

Und der ganze Raum war erfüllt von einer sonderbaren Stimmung. Es war, als hätte der Hirte ein verirrtes Schaf gefunden und der Herde wieder zugeführt.

„Das war `s, was ich zu berichten hätte", sagte Blunzen-Fritz und setzte sich wieder nieder.

„Es ist schön, dass sich diese leidige Geschichte mehr oder weniger von selbst erledigt hat", erwiderte Kreuz-Otto, *„vielen Dank für deinen Bericht."*

Kreuz-Otto machte eine kleine Pause, bevor er fortfuhr.

„Als Nächstes darf ich euch einen neuen Kandidaten vorstellen. Es ist einer der besonders üblen Sorte, und er ist aus unserem Dorf."

Die Versammlung blickte gespannt auf Kreuz-Otto, der erneut eine Pause einlegte.

„Wer ist es?", fragte Rasiermesser-Karl, *„kennen wir den Kerl?"*

„Ich kenne ihn nicht", antwortete Kreuz-Otto, *„aber ich bin sicher, ihr kennt ihn."*

„Wieso?", fragte Rasiermesser-Karl, der gerade nicht verstehen konnte, warum der Kandidat allen bekannt sein sollte, nur Kreuz-Otto nicht.

„Ich weiß von Sepp nur den Namen des Mannes, und dass er aus einer alteingesessenen Familie stammt."

„Und trotzdem kennst du ihn nicht?", insistierte Rasiermesser-Karl ungläubig weiter. Er dachte wohl in diesem Augenblick nicht daran, dass Kreuz-Otto erst vor Jahren in die Gemeinde gekommen war.

Er kannte zwar sehr viele Leute aus dem Dorf; aber natürlich bevorzugt jene, die so sie auch nicht seine Gottesdienste besuchten – zumindest derselben Glaubensfraktion angehörten.

„Und wie heißt der Kandidat?"

Es war Fiskus-Otto, der die Frage stellte, und der nicht weniger gespannt darauf war wie der Rest der Gruppe.

„Helmut Glanz."

„Der Sohn von der Wäscherei?", fragte Rasiermesser-Karl.

„Ja", antwortete Kreuz-Otto.

„Der Mistkerl, der seine arme Frau misshandelt."

Die Köpfe der anderen flogen herum, als sie Heftpflaster-Hilde das sagen hörten.

„Du weißt davon?", fragte Kreuz-Otto überrascht.

„Leider ja", antwortete Heftpflaster-Hilde. *„Die Frau war schon mehrmals bei uns im Krankenhaus."*

„Und warum habt ihr da nicht die Polizei geholt?", fragte Kreuz-Otto entsetzt.

„Ganz einfach", antwortete Heftpflaster-Hilde, *„weil Anita keine Anzeige gemacht hat."*

„Wer ist Anita?", fragte Rasiermesser-Karl und Blunzen-Fritz antwortete:

„Die Tochter von Rektor Christoph, die Frau von dem Saukerl."

„*Und wieso kennst du sie?*", fragte Rasiermesser-Karl.

„*Weil Frau Christoph bei uns ihre Wurst und ihr Fleisch kauft*", antwortete Blunzen-Fritz etwas ungehalten. „*Aber das spielt doch jetzt überhaupt keine Rolle.*"

„*Man wird ja wohl noch fragen dürfen*", brummte Rasiermesser-Karl vor sich hin, worauf Kreuz-Otto zur Ordnung rief.

„*Ich darf doch bitten, meine Herren!*"

„*Wieso bist du dir so sicher, dass häusliche Gewalt vorliegt?*", fragte Fiskus-Otto und Heftpflaster-Hilde antwortete:

„*Ich kann deutlich unterscheiden, ob eine Frau gestürzt ist, sich den Kopf an einer Tür angehauen hat oder ob sie geschlagen wurde. Das kannst du mir glauben, mein Lieber.*"

„*Verstehe, Hilde*", erwiderte Fiskus-Otto. Ein Lächeln huschte ihm dabei über sein Gesicht, denn der Zusatz „mein Lieber" tat seiner Seele gerade richtig wohl.

„*Und wieso ist er jetzt auf einmal ein Kandidat für uns?*", meldete sich nun Benzin-Robert zu Wort, dem der Raufbold durchaus bekannt war.

Er war schon öfter aufgefallen, wenn er bei örtlichen Festivitäten – nach vermehrtem Alkoholgenuss – Streit angezettelt hatte.

„Um auf deine Frage zurückzukommen", ergriff nun wieder Kreuz-Otto das Wort, *„Sepp hat mir den Kandidaten gemeldet.*

Die Polizei wurde wieder einmal von Nachbarn alarmiert, als aus der Wohnung der Familie Glanz lauter Lärm drang. Und unser Sepp hatte an diesem Abend Dienst.

Als er mit seinem Kollegen dort eintraf, war die Auseinandersetzung auf ihrem Höhepunkt.

Ein völlig besoffener Ehemann bedrohte seine Ehefrau und die beiden Kinder standen daneben und brüllten wie am Spieß."

„Hat die Polizei den Kerl verhaftet?", fragte Heftpflaster-Hilde.

„Leider nicht", antwortete Kreuz-Otto, *„weil die Ehefrau einmal mehr beteuert hat, dass sie Schuld an der Auseinandersetzung habe, und dass ihr Ehemann sie nicht geschlagen habe."*

„Ihr Weiber habt doch alle einen Dachschaden", stellte Rasiermesser-Karl lakonisch fest.

„Das ist weder hilfreich noch nett, was du da eben gesagt hast", rügte Fiskus-Otto seinen Mitbruder,

worauf Rasiermesser-Karl ein kaum vernehmbares „*entschuldige, Hilde*" brummelte.

„*Kann man denn gegen diesen Kerl gar nichts machen?*", fragte Heftpflaster-Hilde empört.

„*Doch, liebe Hilde*", gab Fiskus-Otto zur Antwort, obwohl die Frage eigentlich an den Vorsitzenden gerichtet war, „*deswegen gibt es uns, und deswegen ist Helmut Glanz ein Kandidat.*"

*****

Die „Waldsauna" war ein beliebter Treffpunkt für Alt und Jung. Helmut Glanz war ein regelmäßiger Saunageher. Er traf sich dort allwöchentlich mit seinen Spezis zur gemischten Sauna.

Allerdings weniger, um seinem Körper Gutes zu tun, als vielmehr sich an den Rundungen holder Weiblichkeit zu ergötzen.

Obwohl Helmut Glanz ein eher kleinwüchsiges Leichtgewicht war, fernab von einem Adonis und dessen Körperbau, spielte er gern den Boss und wurde von seinen Kumpanen auch als solcher anerkannt.

Es lag nahe, dass er sich diesen Status erkauft hatte, denn er gab sich stets als edlen Spender, wenn er mit den anderen zusammen war.

Das Geld dafür steckte ihm seine Mutter zu, die in den Burschen regelrecht vernarrt war; was der Vater zwar nicht goutierte, aber stillschweigend tolerierte.

War der Vater ein eher ruhiger Mann, so glichen sich Mutter und Sohn schon sehr, im Hinblick auf ihre äußerst rustikale Art.

Heftpflaster-Hilde war ebenfalls eine regelmäßige Besucherin der „Waldsauna".

Sie traf sich dort gern mit anderen Kolleginnen, um sich zu entspannen, und um den beruflichen Alltag hinter sich zu lassen. Außerdem war der Betreiber der Sauna der Vater einer ihrer Kolleginnen.

So entging ihr auch nicht, dass sich Helmut Glanz gelegentlich danebenbenahm, und vom Saunapersonal zur Ordnung gerufen werden musste.

*****

„Ich habe eine Idee, wie wir den Kandidaten zur Strecke bringen können."

Heftpflaster-Hilde hatte Kreuz-Otto gebeten, er möge eine außerordentliche Sitzung einberufen, und Kreuz-Otto war ihrer Bitte nachgekommen.

Kreuz-Otto lächelte Heftpflaster-Hilde an und sagte dann mit bedächtiger Stimme, so, als wolle er sein Gegenüber nicht erschrecken:

„Normalerweise verläuft eine Sitzung so, dass der Vorsitzende, also meine Wenigkeit, die Sitzung eröffnet, und dass dann erst einmal die Tagesordnung verlesen wird."

Während Rasiermesser-Karl und die übrigen Herren ein Lachen unterdrückten – in Bezug auf die Bemerkung der „Wenigkeit" von Kreuz-Otto – wurde Heftpflaster-Hildegard blass und blässer.

Ihr Mundwerk war wieder einmal schneller als ihr Gehirn. Eine Tatsache, der sie sich öfter ausgesetzt sah, und die sie manchmal in arge Verlegenheit brachte.

„Aber im Hinblick darauf, dass unsere Hilde noch frisch dabei ist, und dass sie mit einer tollen Nachricht aufwarten kann, soll Grund genug sein, heute das Prozedere etwas abzuändern."

Kreuz-Otto hatte soeben ganz offenkundig das Nebenzimmer eines Dorfgasthauses mit der Kanzel verwechselt, von der aus er sonntags seine Predigten hielt.

Diesem Eindruck verhaftet, begann Blunzen-Fritz augenblicklich zu applaudieren, und sogleich schlossen sich die restlichen, männlichen Mitglieder an.

Nur Heftpflaster-Hilde saß noch immer da, starr vor Schreck, und schaute Kreuz-Otto an.

Kreuz-Otto hingegen sonnte sich in dem Applaus, den er sich manchmal auch in der Kirche gewünscht hätte, wo solches jedoch zweifelsohne unangebracht wäre.

„Also, dann erzähle uns einmal von deiner Idee", forderte Kreuz-Otto Hildegard auf, *„wir sind schon alle sehr gespannt."*

„Meine Idee grenzt ein wenig an Pikanterie", sagte Heftpflaster-Hilde, *„und ich bin mir nicht sicher, ob das allen gefallen wird."*

Diese Äußerung löste bei den Anwesenden die verschiedensten Gedankengänge aus.

Rasiermesser-Karl fiel sofort die weitverbreitete Meinung in der Bevölkerung über Krankenschwester und Friseurinnen ein, was deren Moral angeht.

Fiskus-Otto fühlte eine leichte Erregung in seinen Lenden.

Benzin-Robert und Sensen-Otto waren nur auf die Idee gespannt, und Blunzen-Fritz grübelte darüber nach, was das Wort „Pikanterie" wohl zu bedeuten habe.

Allein Kreuz-Otto dachte gar nichts. Er war noch immer gefangen in der von Applaus umsäumten Anerkennung seiner Rede von davor.

„*Das ist egal*", sagte Sensen-Otto. „*Was es auch ist, wir sind dabei. Nicht wahr, Männer?*"

Zustimmung erfolgte von allen Seiten, und dann eröffnete Heftpflaster-Hilde ihren Plan.

*****

In der Waldsauna waren an diesem besonderen Dienstag folgende Personen anwesend:

Fiskus-Otto, Benzin-Robert, dessen Mitarbeiter Gerhard Berger, und natürlich Heftpflaster-Hilde.

Der Kandidat war ebenfalls zugegen und zwei seiner Kumpane. Die anderen hatte Sensen-Otto vor der Sauna abgefangen und sie – unter dem Vorwand, dass der Brenner des Saunaofens defekt sei – wieder weggeschickt.

Und um den Entschluss, unmittelbar wieder umzukehren, zu beschleunigen, hatte Sensen-Otto jedem einen Zehner zugesteckt, um die Enttäuschung erträglicher gestalten zu können.

Fiskus-Otto hatte – zusammen mit Heftpflaster-Hilde zuvor ein Gespräch mit dem Betreiber der Sauna geführt.

Es bedurfte keiner allzu großen Überredungskunst durch Heftpflaster-Hilde den Vater ihrer besten Freundin und Kollegin für ihren Plan zu gewinnen.

Herr Egner-Walter, der Saunabesitzer, ging im Verlaufe der nächsten Stunden von Gast zu Gast, um ihnen nahezulegen, dass aus betriebstechnischen Gründen die Sauna ausnahmsweise zwei Stunden früher geschlossen werden würde.

Als kleine Entschädigung wäre der Eintritt beim nächsten Mal frei, inklusive eines Getränks.

Der Ansporn war groß genug, um bei den gezielt Angesprochenen, das nötige Verständnis zu erwecken.

Und tatsächlich lichteten sich die Reihen der Besucher kontinuierlich, bis schließlich nur noch die drei „Gerechten", nebst Berger Gerhard und natürlich der Kandidat und seine zwei Kumpane übrigblieben.

Da es sehr heiß an diesem Tag war, und das Biertrinken wegen der Mineralien und Spurenelementen aus medizinischen Gründen unerlässlich war, hatten die drei Compañeros[8] schon entsprechend vorgesorgt.

Jetzt galt es nur noch, die drei zu trennen.
Das war die Aufgabe von Benzin-Robert.

Er passte die beiden Begleiter des Kandidaten ab und fragte sie:

---

[8] Spanisch für Kumpel, Freunde

„Wisst ihr, wer ich bin?"

Das „JA" als Antwort auf die Frage kam klar und deutlich.

„Dann ist es ja gut", fuhr Benzin-Robert fort. *„Ihr hört jetzt ganz genau zu, was ich euch sage,"*

Und wieder erklang ein unmissverständliches „JA".

„Ihr kommt morgen in meine Werkstatt und holt euch einen Fünfziger ab. Dafür verabschiedet ihr euch von eurem Freund unter irgendeinem Vorwand und verlasst die Sauna.

Ihr stellt keinerlei Fragen und bewahrt Stillschweigen darüber. Wenn ich zufrieden bin, gibt's morgen für jeden von euch den Fünfziger. Wenn nicht, gibt's ein paar hinter die Ohren. Haben wir uns verstanden?"

Die Entscheidung der beiden Helden fiel klar zugunsten der Geldvariante aus. Wenig später verließen sie den Kandidaten, und das „Feld der Vergeltung" war bereitet.

*****

„Ganz schön heiß, heute…"

Mit dieser Bemerkung legte Heftpflaster-Hilde ihr Badetuch auf die Liege, die sich direkt neben der Liege des Kandidaten befand. Dann streckte sie ihre Hand dem Kandidaten entgegen und stellte sich vor.

„Ich heiße Beatrix; aber meine Freunde können mich gern „Trixi" nennen."

„Okay, Trixi", erwiderte der Kandidat und hielt die Hand von Heftpflaster-Hilde über Gebühr lange fest.

„Ich bin Helmut", antwortete der Kandidat, *„und meine Freunde nennen mich <Hell Boy>."*

„Wow", sagte Heftpflaster-Hilde anerkennend, und sie brauchte alle Kraft, um nicht laut über diesen Namen loszulachen, welchen der Kandidat soeben erfunden hatte. Er stammte aus einem Comicheft, der bevorzugten Literatur des Kandidaten.

„Tust du mir einen Gefallen, Hell Boy?", fragte Heftpflaster-Hilde.

„Jeden, Trixi", antwortete Hell Boy, der seine Augen nur schwer von Heftpflaster-Hildes Oberkörper wenden konnte.

„Hol mir bitte Zigaretten und Streichhölzer, ich habe meine vergessen."

„Du kannst eine von meinen haben", erwiderte Hell Boy und hielt Heftpflaster-Hilde eine Zigarettenschachtel entgegen.

„Die sind mir zu stark", sagte Heftpflaster-Hilde, *„die sind nur etwas für richtige Kerle, wie du einer bist. Ich rauche nur Light-Zigaretten."*

Hell Boy wuchs gerade ein ordentliches Stück und mit ihm einer seiner Körperteile, welches er geschwind mit einem Handtuch bedeckte.

Er war froh, dass Trixi es nicht bemerkt hatte, und ein unbeschreibliches Gefühl von Selbstwertsteigerung erfasste ihn.

Eine reifere Frau, mit einem vollkommenen Körperbau interessierte sich für ihn. Was für ein Tag…

„Nicht weglaufen; ich komme gleich wieder", sagte er und stand auf, um Trixis Wunsch zu erfüllen.

Als der Kandidat außer Sichtweite war, entnahm Heftpflaster-Hilde der Tasche ihres Saunakilts ein kleines Fläschchen und ließ ein paar Tropfen davon in das Bierglas gleiten, welches sich neben der Liege von Hell Boy befand.

Kurz darauf kam der Kandidat zurück und brachte das Gewünschte. Heftpflaster-Hilde zündete sich eine Zigarette an und machte einen tiefen Zug.

Als sie den Rauch wieder ausstieß, fuhr sie mit ihrer Zunge genüsslich über ihre Lippen.

Hell Boy bekam augenblicklich einen trockenen Mund. Er griff hastig zu seinem Bierglas und leerte den Inhalt in einem Zug.

Heftpflaster-Hilde dämpfte die Zigarette aus, obwohl sie nur wenige Züge gemacht hatte und stand auf.

„Lust auf einen Aufguss, Hell Boy oder hast du schon genug für heute?"

„Ich habe nie genug", antwortete der Kandidat und sprang auf.

Er folgte, sabbernd wie ein Bernhardiner hinter Trixi her und berauschte sich an der Vorstellung, wie dieser Tag wohl enden würde.

Fiskus-Otto, Benzin-Robert und sein Mitarbeiter Gerhard beobachteten das Ganze aus sicherer Entfernung.

Während Benzin-Robert und Gerhard sich schon gedanklich auf den nächsten Schritt vorbereiteten, fühlte Fiskus-Otto eine große Betrübnis in sich.

Wie gern wäre er jetzt an der Stelle des Kandidaten gewesen, um der heimlich von ihm Angebeteten nahe zu sein.

Die Saunakammer war, wie nicht anders zu erwarten, leer.

„*Es ist eigenartig*", sagte der Kandidat, „*sonst sind mehr Leute hier.*"

„*Genüge ich dir nicht als Gesellschaft?*", erwiderte Heftpflaster-Hilde zwinkernd, die sich schon fragte, wo Fiskus-Otto und Benzin-Robert blieben.

Es war ausgemacht, dass sie dazustoßen sollten, sobald sie mit dem Kandidaten in die Saunakammer gegangen wäre. Und Gerhard sollte auf Abruf vor der Tür warten.

In den Augen des Kandidaten war klar zu erkennen, dass bei ihm gerade der Grad der Begehrlichkeit ein bedrohliches Ausmaß angenommen hatte.

Als Fiskus-Otto und Benzin-Robert endlich auf der Bildfläche erschienen, konnte der Kandidat die beiden nur noch verschwommen wahrnehmen.

Dann kippte er um. Die Tropfen, welche Heftpflaster-Hilde in das Bier von dem Kandidaten getan hatte, zeigten endlich ihre Wirkung.

„*Der verträgt mehr als ein Ochse*", sagte Heftpflaster-Hildegard, während die Augen von Fiskus-Ottos zu tränen begannen, als sein Blick auf den Schweißperlen ruhten, welche den üppigen Busen von Heftpflaster-Hildegard zierten.

Und dann begann eine Inszenierung, welche weit über das Vorstellungsvermögen von Benzin-Robert und Fiskus-Otto hinausging.

Abgründe taten sich auf.

Die beiden Männer trauten ihren Augen und Ohren nicht, als sie – nach den Anweisungen von Heftpflaster-Hilde – eine Skulptur aus schweißbedeckten Menschenleibern formen mussten.

Der Kandidat lag quer über den Oberschenkeln von Heftpflaster-Hilde. Sein Kopf ruhte in der Beuge ihres rechten Arms, und sein Gesicht war ihrem rechten Busen zugewandt.

Das Ganze sah aus, als würde dem Kandidaten die Brust dargereicht, und ein wenig erinnerte es an Botticelli.

„Ich nenne dieses Kunstwerk <Hell Boy und Trixi>", sagte Heftpflaster-Hilde belustigt, indes Fiskus-Otto gerade im Begriff war, seine Gefühle für diese Frau neu zu überdenken.

„Du bist verrückt, Hilde", sagte Benzin-Robert lachend, *„das glaubt uns kein Mensch."*

Dann wandte er sich an seinen Gehilfen Gerhard mit der Aufforderung, er möge ein paar Bilder von diesem Kunstwerk machen.

„*Sind wir dann fertig?*", fragte Fiskus-Otto ungeduldig, der sich zusehends unwohl fühlte.

„*Noch lange nicht*", antwortete Heftpflaster-Hilde, „*jetzt brauchen wir noch das Bild für die Zeitung.*"

„*Welches Bild?*", fragte Fiskus-Otto, und Heftpflaster-Hilde antwortete:

„*Warte ab; du wirst schon sehen.*"

Dann hieß sie die beiden Männer, den noch immer tief und fest schlafenden Kandidaten, hinaus ins Freie zu tragen.

Dort angekommen, nahm sie den Kandidaten auf ihre Arme, als wolle sie ihn aus einem brennenden Haus tragen.

Während Hildegard ihren Saunakilt trug, der sie züchtig bedeckte, blieb der Kandidat so, wie ihn Gott geschaffen hatte.

Den Körper des Kandidaten hielt sie so von sich weggedreht, dass man deutlich sehen konnte, welchem Geschlecht er angehörte.

Gerhard fotografierte Bild um Bild, bevor der Kandidat wieder zu sich kam.

„*Was ist los?*", fragte er, noch immer leicht benommen.

„Sie hatten einen Kreislaufkollaps in der Sauna",
erklärte Heftpflaster-Hilde in einem amtlichen Tonfall,
„vermutlich zu viel Alkohol. Und dann noch die Hitze."

„Diese Frau hat Ihnen wahrscheinlich das Leben
gerettet", sagte nun Benzin-Robert aufmunternd zu
dem völlig verwirrten Kandidaten.

„Kennen wir uns nicht?", fragte der Kandidat seine
Retterin, „du bist doch Trixi."

„Tut mir leid, mein Herr", antwortete Heftpflaster-
Hilde, „mein Name ist nicht Trixi. Ich heiße Hildegard
und bin Krankenschwester."

„Wahrscheinlich der Schock", sagte einer der Ret-
tungssanitäter, welche der Saunabesitzer alarmiert
hatte, „aber wir müssen jetzt los."

„Ist gut, Kollegen", erwiderte Heftpflaster-Hilde,
„und danke, dass ihr so schnell gekommen seid."

Und dann läutete das „Tatütata" des Rettungsfahr-
zeuges ein ganz finsteres Kapitel für den Kandidaten
ein.

Als das Fahrzeug nicht mehr zu hören war, öffnete
der Saunabesitzer eine Flasche Sekt, um den gelungenen Coup zu feiern.

„Den finanziellen Verlust werden wir natürlich ersetzen", sagte Fiskus-Otto, worauf der Saunabetreiber
antwortete:

„Das kommt überhaupt nicht infrage. Ich bin froh, dass ich diesen unguten Kerl endlich los bin. Es haben sich immer wieder einmal Gäste über ihn beschwert.

Aber jetzt kann ich ihm Hausverbot erteilen, und das ist es mir wert. Und auf den Spaß, den es gemacht hat, möchte ich um nichts in der Welt verzichten. "

Danach hörte man nur noch das Klingen der Gläser und fröhliches Lachen.

*****

Am nächsten Tag stand ein Artikel mit Bild in der Zeitung, der von einer heldenhaften Rettung eines Saunabesuchers berichtete.

„Durch übermäßigen Alkoholgenuss hervorgerufen, erlitt Helmut G. einen Kreislaufkollaps in der Saunakammer.

Eine zufällig anwesende Krankenschwester, die nicht genannt werden möchte, trug den Ohnmächtigen ins Freie, um ihn wiederzubeleben.

Die herbeigerufenen Sanitäter brachten den Mann sofort ins Krankenhaus, wo er sofort behandelt wurde.
Inzwischen konnte Helmut G. wieder in die Obhut seiner Familie entlassen werden. "

Das Sahnehäubchen dieses Berichtes war jedoch das Bild. Es zeigte Heftpflaster-Hilde, wie sie den Kandidaten auf dem Arm hielt.

Ihr Gesicht war unkenntlich gemacht worden, während das Gesicht des Kandidaten klar erkennbar war.

Und als wäre das nicht schon schlimm genug, hatte der Fotograf die Manneszierde wegretuschiert und an dessen Stelle ein winziges Feigenblatt angebracht.

Es hatte jedoch einiger Überredungskunst durch Benzin-Robert bedurft, dass der Redakteur der Zeitung und Kriegskamerad davon überzeugt war, dass dieser Artikel, nebst Bild, unbedingt erscheinen müsse.

Schließlich hatte er „um der alten Zeiten willen" zugestimmt.

Damit war das Schicksal von „Hell Boy" besiegelt.

Ein Besuch von Benzin-Robert, inkl. Vorzeigen des nicht veröffentlichen Bildes aus der Saunakammer, waren Argument genug, den Kandidaten davon zu überzeugen, nie wieder Hand an Frau und Kind zu legen.

*****

*„Ich begrüße die werten Mitglieder zu unserer all-
monatlichen Sitzung und bitte Fiskus-Otto um Verlesung der Tagesordnung."*

Kreuz-Otto setzte sich nieder und wartete gespannt
auf den Punkt 2 der Tagesordnung. Und im Besonderen
auf Details der letzten Aktion.

Fiskus-Otto, Sensen-Otto und Benzin-Robert hatten
Heftpflaster-Hilde schwören müssen, dass die Sache
mit dem speziellen Bild in der Saunakammer ihr Geheimnis bleiben solle, und niemand, ganz besonders
Kreuz-Otto, je davon erfahren dürfe.

Und Gerhard, der Fotograf war von Benzin-Robert
dahingehend vergattert worden.

Fiskus-Otto begann mit der Verlesung der Tagesordnung:

1. Feststellung der Vollzähligkeit.
2. Tätigkeitsbericht des rückliegenden Monats.
3. Aufnahme von Sepp als ordentliches Mitglied.
4. Allfälliges

Nachdem die Vollzähligkeit festgestellt worden war,
begann Blunzen-Fritz mit seinem Bericht.

*„Mit größter Freude kann ich vermelden, dass unser
jüngstes Mitglied wesentlich dazu beigetragen hat,
dass der Kandidat, Helmut Glanz, künftig keine Ge-
walttaten gegen seine Familie mehr ausübt."*

Applaus brandete auf, und Heftpflaster-Hilde wusste nicht, wohin sie schauen sollte.

So resolut ihr Auftreten sonst war, so sehr war sie bescheiden, ja fast ein wenig verlegen, wenn es um ihre Person ging.

Dieser Wesenszug imponierte Fiskus-Otto in hohem Maße, und die Bedenken, welche bei der Sauna-Aktion kurzfristig bei ihm aufgetreten waren, hatte er schon längst wieder über Bord geworfen.

„Kann Hilde nicht schildern, wie die Aktion in der Sauna abgelaufen ist, und wieso der Raufbold Helmut jetzt auf einmal so handzahm ist?"

Die Frage kam von Rasiermesser-Karl, dessen Neugierde wohl auf seinen Beruf zurückzuführen war.

Heftpflaster-Hilde sah flehentlich zu Benzin-Robert und dieser reagierte auch sofort.

„Das war eine geheime Mission, Karl", sagte er verschmitzt lächelnd, *„und das wird sie auch bleiben. Wichtig ist doch nur, dass die Mission erfolgreich war. Oder bist du da anderer Meinung?"*

„Natürlich nicht", antwortete Rasiermesser-Karl enttäuscht, denn er hätte nur zu gern mehr darüber erfahren, zumal er sich inzwischen schlaugemacht hatte, was das Wort „Pikanterie" zu bedeuten hatte.

„Vielen Dank, Fritz", beendete Kreuz-Otto die kleine Unterhaltung der beiden und lenkte die Aufmerksamkeit der Anwesenden auf den nächsten Punkt der Tagesordnung.

„Liebe Freunde, der nächste Punkt sieht die Aufnahme von Sepp – als ordentliches Mitglied in die Gruppe - vor.

Aus diesem Grund bitte ich um das Handzeichen, wer dem Antrag zustimmt.

In Anbetracht der vielen hilfreichen Recherchen, welche Sepp für uns durchgeführt hat, gehe ich davon aus, dass der Antrag einstimmig angenommen wird und wir auf eine geheime Wahl verzichten können.

Wer dem Antrag also zustimmt, der möge seine Hand heben."

Wie nicht anders zu erwarten war, wurde der Antrag einstimmig angenommen.

„Holst du bitte Sepp herein?", wandte sich Kreuz-Otto an Sensen-Otto, und dieser verließ den Raum, um unmittelbar darauf mit Moped-Sepp wieder zu erscheinen.

Moped-Sepp wurde mit Applaus empfangen.

„Nimm Platz, mein Lieber!", forderte Kreuz-Otto das neue Mitglied auf und deutete auf den freien Stuhl, neben Benzin-Robert.

„Wir freuen uns, dass du ab sofort ein ordentliches Mitglied bei uns bist. Es geschieht nicht zuletzt als Zeichen der Anerkennung für die vielen treuen Dienste, welche du all die Jahre über für die Gruppe geleistet hast."

In Moped-Sepps Gesicht war Freude zu erkennen. Er nickte jedem der Anwesenden zu, und nahm danach – unter weiterem Applaus – neben Benzin-Robert Platz.

„Es ist heute das erste Mal, dass wir keinen neuen Kandidaten haben", nahm Kreuz-Otto das Wort wieder auf, *„und das ist schön.*

Nützen wir also die Gelegenheit und verbringen ein paar Stunden, einfach nur in Geselligkeit bei Speis und Trank, in lockerer Atmosphäre."

Und so geschah es dann auch.

Jeder unterhielt sich mit jedem. Erinnerungen wurden hervorgekramt, und die gute Laune wob ein dichtes Band um die Anwesenden.

Fiskus-Otto befasste sich eingehend mit Heftpflaster-Hilde, und Sensen-Otto holte seine Frau Marianne dazu.

Rasiermesser-Karl bedrängte Benzin-Robert, er möge ihm doch ein kleines bisschen von der Sauna-Aktion erzählen, und Kreuz-Otto kümmerte sich um Moped-Sepp.

Dass dieses die letzte Sitzung mit Kreuz-Otto sein würde, konnte niemand ahnen.

Nur wenige Tage später kam die überraschende Nachricht von dessen Tod…

*****

Otto, Werner Olbrich war ein wahrer Streiter vor dem Herrn. Er fühlte sich schon früh dazu berufen, den Weg eines Gottesmannes zu gehen.

Er war ein Familienmensch und ein Patriarch.

Das Wort „Patriarch" kommt aus dem Griechischen: „Pater = Vater" und „archein = herrschen, Erster sein".

Und das lebte Kreuz-Otto auch. Er herrschte über seine Familie ebenso, wie über seine Gemeinde. Und er liebte es auch, „Herrscher" über die „Bruderschaft der Gerechtigkeit" und danach für das „Bündnis für Gerechtigkeit" zu sein.

Und er war der richtige Mann am richtigen Ort.

Als die Nachricht über seinen Tod publik wurde, versetzte das nicht nur die Mitglieder des „Bündnisses für Gerechtigkeit" in großes Entsetzen.

Kreuz-Otto war einer von wenigen Menschen, die als „unsterblich" galten, obwohl er – ausgestattet mit Bluthochdruck, Übergewicht, Alkoholkonsum und Zigarrenrauchen – zu einer Risikogruppe gehörte.

Kreuz-Otto wurde noch nicht einmal 60 Jahre alt.

Sein Begräbnis wurde zu einem Aufgalopp von Persönlichkeiten aus Kirche, Politik und Wirtschaft, und über seinem Grab türmten sich die Kränze meterhoch.

Nach der Beerdigung und einer Flut nie enden wollender Grabreden, trafen sich die Mitglieder des „Bündnisses für Gerechtigkeit" ein letztes Mal bei Sensen-Otto in dessen Gasthaus.

Und bei dieser Gelegenheit beschlossen sie, die Gruppe aufzulösen. Die Abstimmung darüber verlief einstimmig.

Als man später auseinanderging, gelobte man, man würde sich regelmäßig treffen, einfach nur, um ein wenig über die Vergangenheit zu plaudern.

Eine Zeit lang funktionierte es auch; verlief aber dann doch irgendwann im Sand.

Heftpflaster-Hilde und Fiskus-Otto wurden nie ein Paar; obwohl Fiskus-Otto es sich sehr gewünscht hätte…

*****